中华经典藏书

沈海波 译注

世说新语

中华书局

图书在版编目（CIP）数据

世说新语/沈海波译注. —北京:中华书局,2016.1
(2025.3 重印)
（中华经典藏书）
ISBN 978-7-101-11323-5

Ⅰ.世… Ⅱ.沈… Ⅲ.①笔记小说-中国-南朝时代②《世
说新语》-译文③《世说新语》-注释 Ⅳ.I242.1

中国版本图书馆 CIP 数据核字（2015）第 252241 号

书　　　名	世说新语
译 注 者	沈海波
丛 书 名	中华经典藏书
责任编辑	刘树林
装帧设计	毛　淳
责任印制	陈丽娜
出版发行	中华书局
	（北京市丰台区太平桥西里 38 号　100073）
	http://www.zhbc.com.cn
	E-mail:zhbc@zhbc.com.cn
印　　刷	河北博文科技印务有限公司
版　　次	2016 年 1 月第 1 版
	2025 年 3 月第 20 次印刷
规　　格	开本/880×1230 毫米　1/32
	印张 10　插页 2　字数 150 千字
印　　数	790001-820000 册
国际书号	ISBN 978-7-101-11323-5
定　　价	20.00 元

前　言

　　《世说新语》是中国古代志人笔记的代表作，作者是刘宋临川王刘义庆。全书共 36 篇 1130 则，主要记载了东汉末年直至刘宋初年近三百年间的人物故事，内容包罗万象，涉及政治、经济、文学、思想、习俗、民生等诸多方面，保存了大量非常珍贵的历史资料。

　　《世说新语》以文笔简洁明快、语言含蓄隽永著称于世，往往只言片语就可以鲜明地刻画出人物的形象和性格特征，鲁迅曾经评论其"记言则玄远冷峻，记行则高简瑰奇"（《中国小说史略》）。如《容止》记"庾太尉在武昌，秋夜气佳景清，使吏殷浩、王胡之之徒登南楼理咏。音调始遒，闻函道中有屐声甚厉，定是庾公。俄而率左右十许人步来"，可谓闻其声见其人。又如《豪爽》记王敦"自言知打鼓吹，帝令取鼓与之。于坐振袖而起，扬槌奋击，音节谐捷，神气豪上，傍若无人"，其豪爽之态跃然纸上。又如《任诞》："苏峻乱，诸庾逃散。庾冰时为吴郡，单身奔亡。民吏皆去，唯郡卒独以小船载冰出钱塘口，篷篆覆之。时峻赏募觅冰，属所在搜检甚急。卒舍船市渚，因饮酒醉，还，舞棹向船曰：'何处觅庾吴郡，此中便是！'冰大惶怖，然不敢动。监司见船小装狭，谓卒狂醉，都不复疑。自送过淛江，寄山阴魏家，得免。"庾冰逃难途中命悬一线，情节之紧张令人握中生汗。可见，《世说新语》的文学成就极高，所以历来被视为我国古典文学名著之一。

　　《世说新语》反映最丰富的一部分内容，是魏晋时期的名士风度。名士风度，也称魏晋风度，是魏晋时期名士们言谈举止的一个总括。名士风度有三个主要的外在表现形式：饮酒、服药、清谈。

魏晋时期士人阶层中嗜酒成风，而且毫无节制。刘伶因饮酒过度而伤了身体，妻子哭泣着劝他戒酒，但他却说："妇人之言，慎不可听！"接着便引酒进肉，隗然已醉；孔群当田里收成不佳时，他关心的不是口粮不够的问题，而是担心不够酿酒；周颉曾经一连三日醉酒不醒，被当时人戏称为"三日仆射"；阮咸等人甚至与群猪共饮；阮籍听说步兵校尉官署的厨房里贮酒数百斛，便求为步兵校尉；张翰说过一句名言："使我有身后名，不如即时一杯酒！"此类故事比比皆是。究其原因，大致有四个方面。

其一是纵欲享乐。汉末开始的社会动乱使人们毫无安全感，很多人便开始转向及时行乐，用酒精来麻痹自己，毕卓所说"拍浮酒池中，便足了一生"（《任诞》）就是一个很好的写照。

其二是惧祸避世，明哲保身。魏晋时期政局不稳，政权的更迭、权力的转移极为频繁，很多士人为能在纷乱的时局中保全自己，便以嗜酒来表示自己在政治上的超脱。如阮籍终日饮酒不问政事，因此得以寿终。

其三是表现任性放达的名士风度。魏晋名士追求旷达任放，并以饮酒作为表现形式。如竹林七贤"常集于竹林之下，肆意酣畅"，因此为世人所称道；又如阮修不慕权贵，常"以百钱挂杖头，至酒店，便独酣畅"，以显示其洒脱和不羁。

其四是追求物我两忘的境界。魏晋名士好老庄之学，讲求形神相亲，而狂饮烂醉便可达到物我两忘的境界，求得高远之志。所以王蕴说："酒，正使人人自远。"（《任诞》）王忱说："三日不饮酒，觉形神不复相亲。"（《任诞》）

当然，魏晋名士中也并非个个是酒徒，干宝就曾劝郭璞不要饮酒过度，大名士王导更是屡屡劝人戒酒，并成功地帮助晋元帝戒了酒瘾。

魏晋名士还很流行服五石散。五石散主要由丹砂、雄黄、白矾、曾青、磁石这五种金石类药调制而成，因药性猛烈，服后需行走发散，故名五石散。又服者需冷食、薄衣，故亦称寒食散。服散的目的，主要是为了求得长生，其次是为了感官的刺激，据说服后可以心情开朗、体力增强。何晏就曾说："服五石散非唯治病，亦觉神明开朗。"（《言语》）此外，服散据说还有美容的功能，对服散颇有心得的大名士何晏即"美姿仪，面至白"（《容止》），名士们因此纷纷效仿，形成风尚。

饮酒和服药展现的是魏晋名士任性、放达的性格特征，而清谈则是魏晋名士外在风度和内在气质的综合体现。清谈起于汉末，名士群集，臧否人物，评论时事，称为清议。魏晋时期的清谈则侧重于玄学，即所谓内圣外王、天人之际的玄远哲理。清谈时一般分为宾主两方，先由谈主设立论题，并进行申述，称为"通"；次由他人就论题加以诘辩，称为"难"。也可以由谈主自为宾主，反复分析义理。清谈时，名士们往往手持麈尾，以之指划。如殷浩拜会王导时，王导特地"自起解帐带麈尾"，说："身今日当与君共谈析理。"（《文学》）孙盛和殷浩清谈终日，无暇饮食，激动时挥舞麈尾，结果饭菜中掉满了麈尾上脱落的毛（《文学》）。

清谈是魏晋名士相互交流的场合，有些人能借以一举成名，如东晋名僧康僧渊一开始并不为人所知，一天他径直到殷浩家里去，"粗与寒温，遂及义理，语言辞旨，曾无愧色，领略粗举，一往参诣，由是知之"（《文学》）；有些人能结交到知己，如王羲之本来轻视支道林，但支道林论《庄子·逍遥游》时，"作数千言，才藻新奇，花烂映发。王遂披襟解带，留连不能已"（《文学》）；有些人则借机刁难寻仇，如许询年少气盛，听说人们把他比作王修，觉得小看了他，"意甚忿，便往西寺与王论理，共决优劣，苦相折挫，王遂大屈"（《文学》）。

清谈时宾主辩论往往非常激烈，有时高下立判，有时则不相上下。一般情况下名士们都能惺惺相惜，如王导与殷浩"既共清言，遂达三更"，王导叹曰："向来语乃竟未知理源所归。至于辞喻不相负，正始之音，正当尔耳。"（《文学》）但也有反目成仇的，如于法开和支道林争名，他在逐渐处于下风时隐居剡县，经过精心准备，让弟子去和支道林辩论，并预先设计好辩论的内容与步骤，"林公遂屈，厉声曰：'君何足复受人寄载来！'"（《文学》）

除了饮酒、服药和清谈，魏晋名士们也注重内在的修养，《世说新语》把"德行"放在篇首，就很能说明问题。如陈蕃"言为士则，行为世范"、王祥至孝感动后母、庾亮不以己祸嫁人、殷仲堪性节俭、罗企生尽忠就义，说明虽然身逢乱世，但魏晋名士仍以德行为高，殊为感人。此外，魏晋名士多存高远之志，如刘惔之超然物外、戴逵厉操东山、管宁与华歆割席断交，这些都积淀为中国知识分子洁身自好、不为五斗米折腰的优良传统。

读《世说新语》，不能不读南朝梁刘孝标的注。历来对刘孝标的注都有很高的评价，《四库全书总目提要》说："孝标所注，特为典赡……其纠正义庆之纰缪，尤为精核。所引诸书，今已佚其十之九，惟赖是注以传。故与裴松之《三国志注》、郦道元《水经注》、李善《文选注》同为考据家所引据焉。"由于篇幅和体例所限，本书没有选录刘注原文，只在注释中吸取了其中材料。

《世说新语》所载人物和故事，发生在魏晋南北朝这一特定的历史时期，所以要读通读懂《世说新语》，则必须首先了解当时的社会历史背景。切忌以现代人的观念和常识对魏晋时期的人物和故事进行品评，否则在理解上就难免会出现南辕北辙的情况。

本书节选了《世说新语》的部分精彩内容，以故事性、趣味性和哲理性为主，以原书顺序编排篇目，并进行简单的注释和逐字翻译，以便于读者阅读和理解。

著者写于 2015 年 10 月

目 录

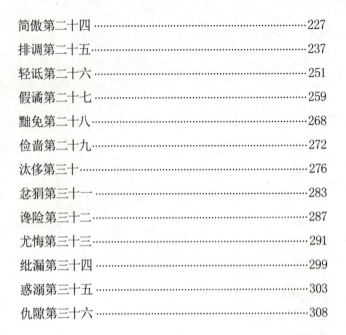

德行第一

　　《世说新语》共 36 篇，列于卷首的德行、言语、政事、文学，是所谓的"孔门四科"。《论语·先进》："德行：颜渊、闵子骞、冉伯牛、仲弓；言语：宰我、子贡；政事：冉有、季路；文学：子游、子夏。"孔子数千弟子中，佼佼者分占这四科之冠。从汉代开始，这四科就一直作为考察和品评士人的重要准则，所以，就有了"仲尼之门，考以四科"（《后汉书·郑玄传》）的说法。

　　德行，指人的道德品行。郑玄注《周礼·地官·师氏》曰："德行，内外之称，在心为德，施之为行。"其内容不外乎儒家所提倡的忠孝节义、仁信智礼等道德规范。

　　本篇共有 47 则，以至孝的故事居多。本书节选了其中 12 则。

一

陈仲举言为士则①，行为世范，登车揽辔②，有澄清天下之志。为豫章太守③，至，便问徐孺子所在④，欲先看之。主簿白⑤："群情欲府君先入廨⑥。"陈曰："武王式商容之闾⑦，席不暇暖。吾之礼贤，有何不可？"

【注释】

①陈仲举：陈蕃，字仲举，汝南平舆（今属河南）人。东汉桓帝时官至太尉，灵帝时为太傅，与外戚谋诛宦官，事泄被杀。

②登车揽辔：登上公车，手执缰绳，指赴任就职。

③豫章：郡名。治所在今江西南昌。

④徐孺子：徐稚，字孺子，豫章南昌人。家境贫苦，不满宦官专权，虽多次征聘，终不肯就，时称"南州高士"。

⑤主簿：官名。掌管印信及文书往来事务。

⑥府君：汉人对太守的称呼。廨（xiè）：官署。

⑦式：通"轼"，古代车厢前用作扶手的横木。这里用作动词，人立车中，俯凭车轼以示敬意。商容：殷末贤臣，为纣王所贬。闾（lú）：里门，巷口之门，指住处。

【译文】

陈蕃的言谈成为士子准则，其行为成为世人典范，为官赴任，怀抱着扫除奸佞使天下归于清平的志向。他就任豫章太守时，一到治所就询问徐孺子的住所，准备先行拜访。主簿说："大家都希望府君先进官署。"陈蕃回答道："武王克殷后连席子都来不及坐暖，就去商容住处拜望致意。我礼敬贤人，有什么不可以呢？"

七

客有问陈季方①："足下家君太丘②，有何功德，而荷天下重名？"季方曰："吾家君譬如桂树生泰山之阿③，上有万仞之高，下有不测之深；上为甘露所沾④，下为渊泉所润⑤。当斯之时，桂树焉知泰山之高，渊泉之深？不知有功德与无也。"

【注释】

①陈季方：陈谌（chén），字季方，陈寔（shí）的儿子。

②太丘：陈寔，字仲弓，颍川许县（今属河南）人。任太丘长，修洁清静。后曾遭党锢之祸。

③阿（ē）：弯曲的地方。

④沾：沾溉。

⑤渊泉：深泉。

【译文】

有客人问陈谌："您的父亲有什么功业德行，而能够担当天下如此大的名声呢？"陈谌说："我父亲就好比桂树生长在泰山的山弯里，上有万仞高的山峰，下有不可测量的溪谷；上面受到甘甜露水的沾溉，下面又有深邃泉水的滋润。在这时候，桂树哪里知道泰山有多高，渊泉有多深呢？我不知道我父亲是有功德呢，还是没有功德。”

八

陈元方子长文①，有英才，与季方子孝先各论其父功德②，争之不能决。咨于太丘，太丘曰：“元方难为兄，季方难为弟。”

【注释】

①陈元方：陈寔长子陈纪，字元方。长文：陈群，字长文。

②孝先：陈忠，字孝先。

【译文】

陈纪之子陈群有杰出的才智，与陈谌之子陈忠各自论颂父亲的功德，争执不下。于是便去问陈寔，陈寔说：“元方做兄长的不容易，难以胜过小弟；季方做小弟也不易，难以胜过兄长。”

一一

管宁、华歆共园中锄菜①，见地有片金，管挥锄与瓦石不异，华捉而掷去之。又尝同席读书，有乘轩冕过门者②，宁读如故，歆废书出看。宁割席分坐，曰：“子非吾友也！”

①管宁：字幼安，北海朱虚（今属山东）人。汉末避乱居辽东，聚徒讲学，三十余年始归。魏文帝拜为太中大夫，明帝拜为光禄勋，皆固辞不受。华歆（xīn）：字子鱼，平原高唐（今属山东）人。东汉末举孝廉，为尚书郎。献帝时任豫章太守，后征召入京，为尚书令。魏文帝时任司徒，明帝时转拜太尉。

②轩冕：古代卿大夫的车服。

【译文】

管宁与华歆一起在园中锄地种菜，看到地上有一片金子，管宁照样挥锄，把金子视同瓦片石块，华歆则把金子捡起来扔掉。二人又曾经同坐在一张席子上读书，有官员乘坐车马从门外经过，管宁照样读书，华歆却扔下书本跑出去看。于是管宁割断席子与华歆分开坐，说："你和我不是同道中人！"

一四

王祥事后母朱夫人甚谨①。家有一李树，结子殊好②，母恒使守之。时风雨忽至，祥抱树而泣。祥尝在别床眠，母自往暗斫之③。值祥私起④，空斫得被。既还，知母憾之不已，因跪前请死。母于是感悟，爱之如己子。

【注释】

①王祥：字休征，琅邪临沂（今属山东）人。汉末携

母隐居庐江三十余年。后任温令，累迁大司农、司空、太尉。西晋时官拜太保。

②殊：极，很。

③斫（zhuó）：砍。

④私起：因解手而起床。私，解手。

【译文】

王祥侍奉后母非常恭敬。家中有一棵李树，结出的李子特别好，后母经常叫他去守护李树。有时碰上急风暴雨，王祥会抱着树哭泣。王祥曾睡在别的床上，后母暗中过去用刀砍他。碰巧王祥起床解手，后母一刀砍空，只砍在被子上。王祥回来后知道后母非常恨他，便跪在她面前请求处死自己。后母因此受到感动，终于醒悟过来，疼爱他就像亲生儿子一样。

一七

王戎、和峤同时遭大丧①，俱以孝称。王鸡骨支床②，和哭泣备礼③。武帝谓刘仲雄曰④："卿数省王、和不⑤？闻和哀苦过礼，使人忧之。"仲雄曰："和峤虽备礼，神气不损；王戎虽不备礼，而哀毁骨立。臣以和峤生孝，王戎死孝。陛下不应忧峤，而应忧戎。"

【注释】

①王戎：字濬冲，琅邪临沂（今属山东）人。好清谈，为"竹林七贤"之一。惠帝时累官尚书令、司徒。

和峤：字长舆，汝南西平（今属河南）人。为颍川
太守，迁中书令。惠帝时拜太子太傅。大丧：父母
之丧。

②鸡骨支床：瘦骨嶙峋，支离于床。鸡骨，形容瘦弱
憔悴的样子。支，支离，形容精神萎靡、涣散的
样子。

③备礼：礼数完备周到。

④武帝：晋武帝司马炎，字安世，司马昭之子。代魏
称帝，建立晋朝。刘仲雄：刘毅，字仲雄，东莱掖
（今属山东）人。官至司隶校尉、尚书仆射。

⑤数（shuò）：屡次，常常。省（xǐng）：看望。不
（fǒu）：否。

【译文】

王戎、和峤同时遭到大丧，两人都以孝顺著称。王戎
瘦骨嶙峋，精神委顿，卧床不起；和峤则痛哭流涕合于礼
数。武帝对刘仲雄说："你常去看望王戎、和峤吗？听说和
峤哀伤痛苦得超过了礼数，真令人为他担忧。"刘仲雄回
答道："和峤虽然礼数周到，但人的精神元气并未受损；王
戎虽然礼数不周，但哀伤毁损身体以致只剩下一把骨头了。
我以为和峤尽孝不会影响性命，而王戎则哀伤过度会危及
性命。陛下不必为和峤担忧，而应为王戎担忧。"

三一

庾公乘马有的卢①，或语令卖去。庾云："卖之
必有买者，即复害其主，宁可不安己而移于他人

哉^②？昔孙叔敖杀两头蛇以为后人^③，古之美谈。效之，不亦达乎^④？"

【注释】

①庾公：庾亮，字元规，颍川鄢陵（今属河南）人。妹为晋明帝皇后。历仕元帝、明帝、成帝三朝。以帝舅与王导辅立成帝，任中书令，执朝政。后镇武昌，任征西将军。的（dì）卢：额部有白色斑点的马，传说为妨害主人的凶马。

②宁（nìng）可：怎么能，岂可。

③孙叔敖：芳（wěi）氏，名敖，字孙叔，春秋时楚国期思（今属河南）人。官令尹（楚相），辅助楚庄王成就霸业。

④达：通达，明白事理。

【译文】

庾亮所乘的马中有一匹的卢马，有人劝他卖掉。庾亮说："我卖掉此马，必定有买它的人，那又害了它的新主人。怎么能因这马对自己不利就把祸害转移给别人呢？过去孙叔敖杀死两头蛇为后人除害，成为古来的美谈。我仿效他，不也是通晓事理吗？"

三二

阮光禄在剡^①，曾有好车，借者无不皆给。有人葬母，意欲借而不敢言，阮后闻之，叹曰："吾有车，而使人不敢借，何以车为？"遂焚之。

①阮光禄：阮裕，字思旷，陈留尉氏（今属河南）人。
　因曾被征召为光禄大夫，故称。剡（shàn）：县名。
　今属浙江。

【译文】

　阮裕闲居剡县时，曾经有一架好车，凡有人来借，没
有一个不借给的。有人要安葬母亲，想借车子却又不敢开
口。阮裕听说了这件事后，叹息道："我有好车却让别人不
敢借用，要这车有什么用呢？"于是就把车烧掉了。

三七

　晋简文为抚军时①，所坐床上，尘不听拂②，见
鼠行迹，视以为佳。有参军见鼠白日行③，以手板
批杀之④，抚军意色不说。门下起弹⑤，教曰⑥："鼠
被害尚不能忘怀，今复以鼠损人，无乃不可乎？"

【注释】

①晋简文：晋简文帝司马昱（yù），字道万，元帝少
　子，初封为琅邪王，徙封会稽王。后为大司马桓温
　拥戴即帝位。

②不听：不许，不让。

③参军：将军府属下的官员。

④手板：即笏。古代官吏上朝或谒见上司时拿在手中
　的狭长板子，以备记事用。批：击打。

⑤弹（tán）：弹劾。

⑥教：上对下的告谕。

【译文】

晋简文帝任抚军大将军时，所坐床榻上的尘灰不让拂拭，看见上面有老鼠爬过的痕迹，反而认为很好。有位参军看见老鼠白天爬出来，就用手板把它打死了，简文帝露出很不高兴的神色。下属便来弹劾这位参军，简文帝说："老鼠被打死尚且不能令人忘怀，现在又因为老鼠而伤害到人，岂不是更不应该了吗？"

四〇

殷仲堪既为荆州①，值水俭②，食常五碗盘③，外无余肴，饭粒脱落盘席间，辄拾以啖之。虽欲率物④，亦缘其性真素⑤。每语子弟云："勿以我受任方州⑥，云我豁平昔时意⑦，今吾处之不易。贫者，士之常，焉得登枝而捐其本！尔曹其存之⑧。"

【注释】

①殷仲堪：陈郡（今属河南）人。孝武帝时任都督荆、益、宁三州军事、荆州刺史，镇江陵。后桓玄攻江陵时战败被俘，自杀。

②水：水灾。俭：年成歉收。

③五碗盘：当时流行的一种成套的食器，由一只圆形托盘和五只小碗组成。

④率物：为人表率。

⑤真素：自然坦率，不做作。

⑥方州：大州。方，大。

⑦豁：舍弃。

⑧尔曹：你们。

【译文】

　　殷仲堪任荆州刺史后，遇到水灾歉收，吃饭时常常只用五碗盘盛菜，此外就没有什么菜肴了，如有饭粒掉在桌子上，他总是捡起来吃掉。他这样做虽然是出于做表率的目的，却也是由于他的本性自然坦率。殷仲堪常告诫子弟说："不要认为我担任了大州的长官，就可以说我抛弃了往日的心愿，我现在仍然没有改变。清贫是士人的本分，哪能一登上高枝就丢掉根本！你们一定要牢记我的话。"

四三

　　桓南郡既破殷荆州①，收殷将佐十许人，咨议罗企生亦在焉②。桓素待企生厚，将有所戮，先遣人语云："若谢我，当释罪。"企生答曰："为殷荆州吏，今荆州奔亡，存亡未判，我何颜谢桓公！"既出市，桓又遣人问："欲何言？"答曰："昔晋文王杀嵇康③，而嵇绍为晋忠臣④。从公乞一弟以养老母。"桓亦如言宥之⑤。桓先曾以一羔裘与企生母胡，胡时在豫章，企生问至⑥，即日焚裘。

【注释】

①桓南郡：桓玄，字敬道，一名灵宝，谯国龙亢（今属安徽）人。桓温之少子，袭封为南郡公。曾官义

兴太守、江州刺史、都督荆州等八州郡军事。元兴元年（402）举兵攻入建康，杀司马元显，掌朝政。次年代晋自立，国号楚。不久为刘裕所败，自杀。殷荆州：殷仲堪。

②咨议：官名。晋以后公府、军府设咨议参军，以备咨询谋议，简称"咨议"。罗企生：字宗伯，晋豫章（今属江西）人，为殷仲堪咨议参军。

③嵇康：字叔夜，谯国铚县（今属安徽）人。"竹林七贤"的领袖人物，玄学家的代表之一。仕魏为中散大夫，娶长乐亭主为妻。因不愿与司马氏合作，颇招忌恨。后因友人吕安一案的牵连，遭锺会诬陷，被司马昭所杀。

④嵇绍：字延祖，嵇康之子。永安元年（304）东海王司马越挟持惠帝与成都王司马颖交战，大败于荡阴，当时百官与侍卫都溃散，只有嵇绍以身卫帝，被杀于帝侧，血溅帝衣。

⑤宥（yòu）：赦免。

⑥问：音讯。

【译文】

桓玄打败殷仲堪后，收捕了十多个殷的部将僚属，咨议罗企生也在其中。桓玄一向优待罗企生，当他准备处决一些人时，先派人对罗企生说："你如果向我谢罪，我就免你之罪。"罗企生回答道："我作为殷荆州的属吏，如今他逃亡在外，生死还没有弄清楚，我有什么脸面向桓公谢罪！"当罗企生绑赴刑场时，桓玄又派人去问："还有什么话要说？"答道："过去晋文王杀嵇康，而嵇绍成为晋的忠臣。我恳请桓公留下我的一个弟弟事奉老母。"桓玄同意了这个要求赦免其弟。桓玄先前曾经送给罗企生的母亲胡氏一件羔羊皮袍，当时胡氏在豫章郡，当罗企生被杀的消息传到时，胡氏当天就把皮袍烧掉了。

四五

吴郡陈遗①，家至孝。母好食铛底焦饭②，遗作郡主簿，恒装一囊，每煮食，辄贮录焦饭，归以遗母。后值孙恩贼出吴郡③，袁府君即日便征④。遗已聚敛得数斗焦饭，未展归家⑤，遂带以从军。战于沪渎⑥，败，军人溃散，逃走山泽，皆多饥死，遗独以焦饭得活。时人以为纯孝之报也。

【注释】

①陈遗：生平事迹不详。

②铛（chēng）：平底浅锅。

③孙恩：字灵秀，琅邪（今属山东）人，世奉五斗米道。司马道子当政时，孙恩率众自海岛攻会稽、江口、临海、京口、建康，前后数年。后为刘裕所败，投水自杀。

④袁府君：袁山松，一名崧，阳夏（今属河南）人。少有才名，博学能文。为吴郡太守，孙恩攻沪渎，袁山松固守，城陷而死。著《汉书》百篇，已佚，有辑本。

⑤未展：未及，来不及。

⑥沪渎（dú）：水名。在上海东北吴淞江下游近海处。

【译文】

吴郡人陈遗在家极其孝顺。他母亲喜欢吃锅底焦饭，陈遗任职州郡主簿时，常带一只口袋，每次煮饭，总是把锅底焦饭装起来，带回家给母亲吃。后来碰到孙恩在吴郡叛乱，袁山松当天即出征讨伐。陈遗已经收存了几斗焦饭，还来不及送回家，就带着跟随军队出发了。在沪渎一带交战，官军战败，四散溃逃，跑到山林水泽中，大都饿死，只有陈遗靠着所带焦饭活了下来。当时人都认为这是他纯孝的好报。

言语第二

　　言语，指人的口才辞令。孔子的弟子中不乏善于辞令者。《孟子·公孙丑》：“宰我、子贡，善为说辞。”春秋战国时期，列国纷争，合纵连横，游说之士大行其道，所以言语也成为“孔门四科”之一。

　　魏晋时期玄风盛行，士人们喜谈玄析理，清谈也成为魏晋风度的一项重要内容。士人们追求语言的简约清新，往往只言片语，即有绵深之意味。言语不仅是品评士人才华高低的重要参考，同时也是士人跻身名流的重要手段。

　　本篇共有108则，妙语连珠的故事，生动地体现了魏晋士人才思敏捷、应对机智的风度。本书节选了其中10则。

一

边文礼见袁奉高①，失次序②。奉高曰："昔尧聘许由③，面无怍色④。先生何为颠倒衣裳？"文礼答曰："明府初临，尧德未彰，是以贱民颠倒衣裳耳。"

【注释】

①边文礼：边让，字文礼，东汉陈留浚（xùn）仪（今属河南）人，为九江太守。献帝时去官还家，后因对曹操不敬而被杀。袁奉高：袁阆（làng），字奉高，汉末汝南（今属河南）人，官至太尉掾。

②失次序：指举止失措。

③许由：传说为上古高士，隐于箕山，尧欲将天下相让，由不受；又召其为九州长，由不愿听，洗耳于颍水之滨。

④怍（zuò）色：惭愧的神色。

【译文】

边让见到袁阆时，举止失措。袁阆说："古时尧帝聘请许由时，许由面无愧色。先生你为什么慌乱呢？"边让回答道："明府刚刚莅任，帝尧般的德行尚未彰显，所以我这个小民百姓才会手忙脚乱呀。"

三

孔文举年十岁①，随父到洛。时李元礼有盛名②，为司隶校尉③。诣门者，皆俊才清称及中表亲戚乃通。文举至门，谓吏曰："我是李府君亲。"既通，前坐。元礼问曰："君与仆有何亲？"对曰："昔先君仲尼与君先人伯阳有师资之尊④，是仆与君奕世为通好也⑤。"元礼及宾客莫不奇之。太中大夫陈韪后至⑥，人以其语语之。韪曰："小时了了⑦，大未必佳。"文举曰："想君小时，必当了了。"韪大踧踖⑧。

【注释】

①孔文举：孔融，字文举，东汉鲁（今属山东）人。献帝时任北海相，时称孔北海。又任少府、太中大夫等职。恃才负气，因触怒曹操，被杀。他是建安七子之一，著作大多散佚，有明辑本《孔北海集》。

②李元礼：李膺，字元礼，颍川襄城（今属河南）人。因谋诛宦官，事泄，下狱死。

③司隶校尉：官名。督察三辅、三河、弘农七郡，治洛阳。

④先君仲尼：孔融是孔子二十世孙，故称。伯阳：老子，姓李名耳，字伯阳。师资之尊：孔子曾问礼于老子，故老子是孔子的老师。

⑤奕世：累世，一代接一代。

⑥太中大夫：官名。主管议论政事。陈韪（wěi）：曾任太中大夫。

⑦了了：聪明伶俐，明白事理。

⑧踧踖（cùjí）：局促不安的样子。

【译文】

孔融十岁时，跟随父亲到洛阳。当时李膺享有很高的名望，任司隶校尉。凡是登门造访的，只有那些有着高洁名声的杰出之士，以及中表亲戚才能通报进门。孔融到了李府门前，对守门吏说："我是李府君的亲戚。"通报进门后，孔融坐到了前面。李膺问孔融："您和我是什么亲戚？"孔融答道："过去我的祖先仲尼与您的先人伯阳有师生之谊，所以我与您世代为通家之好。"李膺及宾客听了孔融的话无不感到惊奇。太中大夫陈韪晚到，有人把孔融的话告诉他。陈韪说："小的时候聪明伶俐，长大后不见得就很好。"孔融说："想来您小的时候，必定是聪明伶俐的了！"陈韪听后大为尴尬。

五

孔融被收①，中外惶怖②。时融儿大者九岁，小者八岁，二儿故琢钉戏③，了无遽容④。融谓使者曰："冀罪止于身⑤，二儿可得全不？"儿徐进曰："大人岂见覆巢之下，复有完卵乎？"寻亦收至。

【注释】

①收：逮捕，拘禁。

②中外：指朝廷内外。

③琢钉戏：古时一种儿童游戏。

④了：完全。遽（jù）：惊慌。

⑤冀：希望。止：仅，只。

孔融被逮捕时，朝廷内外无不惶恐惧怕。当时孔融的大儿子九岁，小儿子八岁，他们照样做琢钉的游戏，完全没有一点惊慌的神色。孔融对派来逮捕的人说："希望罪过只在我一人之身，两个儿子的性命能否保全？"两个儿子从容向前说："父亲大人难道见过倾覆的鸟窝下会有完好的鸟蛋吗？"不久逮捕他们的人也就到了。

六

颍川太守髡陈仲弓①。客有问元方②："府君何如？"元方曰："高明之君也。""足下家君何如？"曰："忠臣孝子也。"客曰："《易》称：'二人同心，其利断金；同心之言，其臭如兰③。'何有高明之君，而刑忠臣孝子者乎？"元方曰："足下言何其谬也！故不相答。"客曰："足下但因伛为恭④，而不能答。"元方曰："昔高宗放孝子孝己⑤，尹吉甫放孝子伯奇⑥，董仲舒放孝子符起⑦。唯此三君，高明之君；唯此三子，忠臣孝子。"客惭而退。

【注释】

①髡（kūn）：古代一种剃去头发的刑罚。陈仲弓：陈寔。

②元方：陈寔之长子陈纪。

③臭（xiù）：香味。

④伛（yǔ）：驼背。

⑤高宗：商代国君武丁。孝己：高宗之子。

⑥尹吉甫：周宣王大臣。伯奇：尹吉甫之子。

⑦董仲舒：西汉广川（今属河北）人。景帝时为博士，武帝拜江都相、胶西王相，后免官家居。推尊儒术，抑黜百家。著有《春秋繁露》。符起：董仲舒之子。

【译文】

颍川太守对陈寔施以髡刑。有客人问陈纪："颍川太守为人怎么样？"陈纪说："是高明的府君。"又问："您父亲怎么样？"答："是忠臣孝子。"客人说："《周易》有名言说：'两个人一条心，就如同锋利的刀能斩断金属；两个人心意相投，则其香气犹如兰草一样芬芳。'哪有高明的府君会对忠臣孝子施刑的呢？"陈纪说："您的话是何等的荒谬啊！所以我不予回答。"客人说："您只不过因为驼背装着恭敬一样，而实际上不能回答。"陈纪说："古代殷高宗放逐孝子孝己，尹吉甫放逐孝子伯奇，董仲舒放逐孝子符起。这三位是高明之君，这三个孝子是忠臣孝子。"客人听后惭愧地走开了。

八

祢衡被魏武谪为鼓吏①，正月半试鼓②。衡扬枹为《渔阳掺挝》③，渊渊有金石声④，四座为之改容。孔融曰："祢衡罪同胥靡⑤，不能发明王之梦。"魏武惭而赦之。

【注释】

①祢衡：字正平，东汉平原（今属山东）人。与孔融交好，被推荐给曹操，因得罪曹操，被送至刘表处，刘表又送至黄祖处，后为黄祖所杀。魏武：曹操。曹丕称帝后，被追尊为太祖武帝，故称。

②正月半：正月十五日。

③枹（fú）：鼓槌。《渔阳掺挝（cànzhuā）》：鼓曲名。

④渊渊：形容鼓声深沉的样子。

⑤胥靡：服劳役的罪犯。孔融所说的胥靡，指殷高宗武丁的贤臣傅说。传说武丁梦到天赐自己贤人，派人寻访，在傅岩找到服劳役筑墙的奴隶傅说，用为大臣，辅佐治理国家，殷朝由此得以中兴。

【译文】

祢衡被曹操贬为击鼓的小吏，于正月十五日试鼓。祢衡举起鼓槌击奏《渔阳掺挝》之曲，鼓声深沉凝重有金石之声，满座宾客无不为之动容。孔融说："祢衡的罪过跟刑徒相同，但不能使主上像贤明君王那样有求贤之梦。"曹操听后感到惭愧，便赦免了祢衡。

九

南郡庞士元闻司马德操在颍川①，故二千里候之。至，遇德操采桑，士元从车中谓曰："吾闻丈夫处世，当带金佩紫②，焉有屈洪流之量③，而执丝妇之事？"德操曰："子且下车。子适知邪径之速，不虑失道之迷。昔伯成耦耕④，不慕诸侯之荣；原宪桑枢⑤，不易有官之宅。何有坐则华屋，行则肥马，侍女数十，然后为奇？此乃许、父所以忼慨⑥，夷、齐所以长叹⑦。虽有窃秦之爵⑧，千驷之富，不足贵也。"士元曰："仆生出边垂，寡见大义，若不一叩洪钟、伐雷鼓⑨，则不识其音响也！"

【注释】

①南郡：郡名。辖境在今湖北襄樊、荆门、洪湖等地，治所在今湖北江陵东北。庞士元：庞统，字士元，襄阳（今属湖北）人。初与诸葛亮齐名，号凤雏。后为刘备的谋士，与诸葛亮同任军师中郎将，建安十九年（214）中流矢而死。司马德操：司马徽，字德操，东汉末颍川阳翟（今属河南）人。善于知人，被称为"水镜"。

②带金佩紫：佩带金印紫绶带，汉时只有相国、列侯等才能带金佩紫。

③洪流之量：比喻才能、气度之大如同浩大的水流。

④伯成：伯成子高，尧时立为诸侯。夏禹为天子时，他认为德衰而刑立，不如尧舜，便辞去诸侯回去耕田。耦（ǒu）耕：古代的耕地方式，两人各拿一耜（sì，古代农具名）并肩而耕。

⑤原宪：春秋时鲁国人，一说宋人，字子思，孔子学生。孔子死后隐居，蓬户褐衣蔬食，不改其乐。桑枢：用桑条编成的门，比喻居处简陋。

⑥许、父：许由、巢父，上古高士。巢父为尧时隐士，

在树上筑巢而居，人称巢父，尧想把天下让给他，不受。

⑦夷、齐：伯夷、叔齐，他们是商孤竹君的两个儿子。孤竹君遗命立叔齐为继承人，父死后，叔齐让位给伯夷，伯夷不受，两人逃到周。武王伐纣，两人叩马而谏。武王灭商后，他们耻食周粟，饿死首阳山。

⑧窃秦之爵：指吕不韦以计谋窃取秦国的爵位。

⑨伐：敲打。雷鼓：声大如雷的大鼓。

【译文】

南郡庞统听说司马德操在颍川，特地从二千里外赶去拜候他。到那里时正遇到司马德操在采桑。庞统从车中对他说："我听说大丈夫生在世上，应当带金佩紫地做大官，哪有委屈自己宏大的志向去做织妇干的事呢？"司马德操说："您请先下车。您刚才知道走小路快捷，却没有想到有迷路的危险。古代伯成子高在地里耕种，并不羡慕诸侯的荣耀；原宪虽住陋屋，也不去换取大官的豪宅。哪里有住在华丽的屋中，出行骑着高头大马，身旁围绕着侍女数十位，然后才算是奇特、高人一等？这也就是许由、巢父慷慨辞让天下的原因，也就是伯夷、叔齐长叹耻食周粟的缘故。即使有吕不韦那样从秦国窃取的爵位，有齐景公那样拥有数千匹马的巨富，也算不上尊贵的。"庞统说："我生在偏僻的边地，很少听到大道理，如果不是今天叩响大钟，敲打雷鼓，那就不会知道深沉的声响了！"

三一

过江诸人^①，每至美日，辄相邀新亭^②，藉卉饮宴^③。周侯中坐而叹曰^④："风景不殊，正自有山河之异！"皆相视流泪。唯王丞相愀然变色曰^⑤："当共勠力王室^⑥，克复神州，何至作楚囚相对^⑦！"

【注释】

①过江诸人：指从北方南渡到建康来的诸位人士。

②新亭：三国时吴建，故址在今江苏南京南，东晋时为朝士游宴之所。

③藉（jiè）卉：坐卧于草地之上。藉，坐卧其上。卉，草。

④周侯：周颉，字伯仁，官至尚书左仆射。袭父爵武城侯，故称周侯。

⑤王丞相：王导。导字茂弘，拥戴晋元帝，经营江左，辅佐晋室，是东晋中兴名臣。愀（qiǎo）然：脸变色的样子。

⑥勠（lù）力：协力。

⑦楚囚：原指被俘的楚人。《左传·成公九年》载楚国伶人钟仪为晋所囚，仍奏楚声，不忘南音。后用以形容处境窘迫之人。

【译文】

过江避难的士人们，每逢风和日丽的好天气，总是相邀一起到新亭，坐在草地上聚会饮酒。周颉坐到中途感叹说："风景没有什么两样，只是山河有了改变！"大家都相看流泪。只有王导脸色大变说："我们应当同心协力辅佐王室，恢复中原，为什么像楚囚那样相对哭泣！"

七〇

王右军与谢太傅共登冶城①，谢悠然远想，有高世之志。王谓谢曰："夏禹勤王，手足胼胝②；文王旰食③，日不暇给④。今四郊多垒⑤，宜人人自效；而虚谈废务，浮文妨要，恐非当今所宜。"谢答曰："秦任商鞅，二世而亡，岂清言致患邪？"

【注释】

①王右军：王羲之，字逸少，东晋琅邪临沂（今属山东）人。曾为庾亮的参军，再迁宁远将军、江州刺史，最后做到右军将军、会稽内史，所以人们又称他为"王右军"。他是著名的书法家，号称"书圣"。谢太傅：谢安，字安石，少有重名，年四十余方出仕，孝武帝时官至宰相。前秦苻坚南下攻晋时，谢安为征讨大都督，指挥谢石、谢玄等大破苻坚于淝水，以功拜太保。死后追赠太傅，故称。冶城：故址在今江苏南京朝天宫一带，相传春秋时夫差于此冶铸，故名。

②胼胝（piánzhī）：手上脚上因劳动而磨出的硬皮。

③旰（gàn）食：天黑了才吃饭。

④日不暇给：形容事多时间不够用。

⑤四郊多垒：指战事频繁。

【译文】

王羲之与谢安一起登上冶城，谢安悠闲自在地沉湎于遐想中，似有超世脱俗的志趣。王羲之说："夏禹为国事操劳，手脚都长满了茧子；文王整天忙于政事，到晚上才吃上饭，没有一点儿空闲时间。现在战事不断，每个人都应为国效力。然而空谈会荒废政务，浮华的文风会妨碍国事，恐怕与当前国势不适应吧。"谢安答道："秦用商鞅的严刑峻法，仅仅两代就灭亡了，难道是清谈造成的祸患吗？"

七一

谢太傅寒雪日内集①，与儿女讲论文义，俄而雪骤，公欣然曰："白雪纷纷何所似？"兄子胡儿曰②："撒盐空中差可拟。"兄女曰："未若柳絮因风起。"公大笑乐。即公大兄无奕女③，左将军王凝之妻也④。

【注释】

①内集：家庭内的集会。

②胡儿：谢朗，小字胡儿，谢安次兄谢据的长子，官至东阳太守。

③大兄无奕女：谢安长兄无奕之女谢道韫（yùn）。聪慧有才辩，善清谈，时人称其颇有"竹林七贤"的名士风度。

④王凝之：王羲之次子，字叔平，历仕江州刺史、左将军、会稽内史，工草隶。

【译文】

谢安在寒冷的雪天把一家人聚集到一起，给儿女们讲论文章的义理。一会儿雪下得急了，谢安高兴地说："这白雪纷飞像什么呢？"侄儿谢朗说："好比是把盐撒到空中一样。"侄女谢道韫说："还不如说是柳絮凭借风势在空中起舞。"谢安听后乐得大笑。她就是谢安长兄谢无奕的女儿，左将军王凝之的妻子。

七六

支公好鹤①，住剡东岇山②。有人遗其双鹤，少时翅长欲飞，支意惜之，乃铩其翮③。鹤轩翥不复能飞④，乃反顾翅垂头，视之如有懊丧意。林曰："既有陵霄之姿，何肯为人作耳目近玩⑤！"养令翮成，置使飞去。

【注释】

①支公：支遁，字道林，世称"支公""林公"。本姓关，陈留（今属河南）人。家世事佛，二十五岁出家。以好谈玄理闻名于世。

②岇（àng）山：在今浙江嵊州东。

③铩（shā）：摧残，伤残。翮（hé）：鸟羽的茎状部分。

④轩翥（zhù）：飞举的样子。

⑤近玩：亲近的玩物、宠物。

【译文】

支遁喜爱鹤，住在剡县东面的岇山。有人送给他一对鹤，不久鹤的翅膀长成了想飞，支遁心里舍不得它们，便剪去它们的翅茎。鹤张开翅膀却不再能飞了，就回过头看着翅膀，垂下头来，看上去好像有懊丧的意思。支遁说："它们既然有直上云霄的姿质，怎么肯被人们当作耳目观赏的玩物呢！"于是把鹤喂养到翅膀长好后，放它们飞翔而去。

政事第三

　　政事，指政治事务。士子们要兼济天下，从政为官是必由之道，所以，处理政务的能力是士大夫不可或缺的。为政之法，因时而异。但为政之道，则亘古不变。勤政爱民、正己树人、知人善任、以德化民……体现这些为政准则的故事，在动荡的魏晋南北朝时期，也是屡见不鲜。

　　本篇共有 26 则，展现了一大批魏晋政治家们的施政风范。本书节选了其中 6 则。

九

王安期为东海郡^①。小吏盗池中鱼，纲纪推之^②。王曰："文王之囿，与众共之。池鱼复何足惜！"

【注释】

①王安期：王承，字安期，太原晋阳（今属山西）人，曾任西晋东海内史。渡江后，曾被晋元帝引为从事中郎。为人冲淡寡欲，为政清静。

②纲纪：即主簿。推：推究，查究。

【译文】

王承担任东海内史。有小吏偷捕了官署水池里的鱼，主簿查究这件事。王承说："古时周文王的苑囿与百姓共同享用，小小的池鱼又有什么值得爱惜的！"

一一

成帝在石头^①，任让在帝前戮侍中锺雅、右卫将军刘超^②。帝泣曰："还我侍中。"让不奉诏，遂斩超、雅。事平之后，陶公与让有旧^③，欲宥之。许柳儿思妣者至佳^④，诸公欲全之。若全思妣，则不得不为陶全让，于是欲并宥之。事奏，帝曰："让是杀我侍中者，不可宥！"诸公以少主不可违，并斩二人。

【注释】

①成帝：司马衍，字世根，晋明帝长子。在位期间任

用外戚庾亮，引起内部矛盾，咸和二年（327）苏峻以诛杀庾亮为名叛乱，攻入建康。公元342年病死，年二十一。

②任让：乐安（今属山东）人。为苏峻参军、司马，后随苏峻作乱。苏峻死后，又拥戴峻弟苏逸，事败被诛。锺雅：字彦胄，长社（今属河南）人。官至侍中。刘超：字世逾，琅邪（今属山东）人。官义兴太守、右卫将军。

③陶公：陶侃，字士行（或作士衡），庐江寻阳（今属江西）人。早年孤贫，为县吏，以军功历任荆州刺史、广州刺史。苏峻叛乱，被推为盟主，后封长沙郡公，都督八州军事。

④许柳：字季祖，率军随苏峻作乱。思妣（bǐ）：许永，字思妣，许柳之子。

【译文】

成帝被苏峻劫持在石头城，任让在成帝面前杀害了侍中锺雅和右卫将军刘超。当时成帝哭道："还我侍中。"任让不听诏谕，还是杀了刘超和锺雅。叛乱平定后，陶侃与任让原有交情，想要赦免他。许柳之子许永才貌极好，朝廷的大臣们都想保全他。但是如果保全许永，就不得不为陶侃保全任让，于是就想同时赦免这两个人。此事上奏后，成帝说："任让是杀我侍中的人，不可赦免！"诸位大臣认为小皇帝的话不能违抗，就把两个人一起杀了。

一二

王丞相拜扬州①，宾客数百人并加沾接②，人人有说色③。唯有临海一客姓任及数胡人为未洽④。公因便还到过任边，云："君出，临海便无复人。"任大喜说。因过胡人前，弹指云⑤："兰阇⑥！兰阇！"群胡同笑，四坐并欢。

【注释】

①拜扬州：被任命为扬州刺史。

②沾接：指受到亲切款待。

③说：后作"悦"。

④临海：郡名。治所在今浙江临海。胡人：我国古代对北方边地及西域各民族人民的称呼。这里指印度来的僧人。

⑤弹（tán）指：佛家常用弹指的动作，表示欢喜或许诺。

⑥兰阇（shé）：古代印度赞誉别人的话。

【译文】

王导被任为扬州刺史时，来宾几百人都受到他的亲切款待，宾客们人人都面有喜色。只有临海一位姓任的来宾及几位印度僧人脸上神情僵硬。王导于是找个机会回过去到任姓客人身边说："您出来做官，临海就不再有贤人了。"任姓客人听了大为高兴。王导随即便到了印度僧人面前，弹着手指说："兰阇！兰阇！"几位胡人听了这赞誉之言也都笑了，四座宾客都很尽兴。

一八

王、刘与林公共看何骠骑①，骠骑看文书，不顾之。王谓何曰："我今故与林公来相看，望卿摆拨常务②，应对玄言，那得方低头看此邪？"何曰："我不看此，卿等何以得存？"诸人以为佳。

【注释】

①王：王濛，字仲祖，小字阿奴，太原晋阳（今属山西）人。晋哀帝靖皇后之父。刘：刘惔（dàn），字真长，沛国相（今属安徽）人。少清远有标格，雅善言理。累迁丹阳尹，为政清静，门无杂宾。林：支道林。何骠骑：何充，字次道，庐江灊（qián，今属安徽）人。曾任骠骑将军、吏部尚书等。

②摆拨：摆脱，搁置。

【译文】

王濛、刘惔和支遁一起去探望何充，何充正在看文书，没有搭理他们。王濛对何充说："我现在特地与林公一起来探望，希望您能把日常事务放下，一起来谈论玄理。您怎么还能埋头看这些东西呢？"何充说："我不看这些文书，你们这些人怎么能幸存呢？"大家都认为这话说得妙。

一九

桓公在荆州①，全欲以德被江、汉②，耻以威刑肃物③，令史受杖④，正从朱衣上过。桓式年少⑤，从外来，云："向从阁下过，见令史受杖，上捎云根⑥，下拂地足⑦。"意讥不著⑧。桓公云："我犹患其重。"

【注释】

①桓公：桓温。温字元子，谯国龙亢（今属安徽）人，娶东晋明帝女南康公主为妻，拜驸马都尉，曾率军三次北伐，欲收复中原。太和六年（371），废帝奕为东海王（海西公），改立简文帝，自己为大司马，专政，不久病死。

②全：一心，全力。被：覆盖，遍及。

③肃物：惩治人。

④令史：低级官吏。

⑤桓式：桓歆，字叔道，桓温第三子，官至尚书。

⑥云根：云起之处。喻高。

⑦地足：地面。喻低。

⑧不著（zháo）：指没打着。

【译文】

桓温在任荆州刺史时，一心想使恩德遍及江、汉地区，把用严刑峻法惩治人当作耻辱。令史受到杖刑的处罚时，大杖也只是从红衣上轻轻带过。桓式当时年纪还小，从外边进来，说："刚才我从官署经过，看到令史受杖刑，那杖高高地举起像是捎带到云根，轻轻地落下，又像是拂过地面。"讽刺杖刑只是在摆样子。桓温说："我还怕打得太重了。"

二三

谢公时①，兵厮逋亡②，多近窜南塘下诸舫中③。或欲求一时搜索，谢公不许，云："若不容置此辈，何以为京都？"

【注释】

①谢公：即谢安。

②兵厮：士兵和仆役。逋（bū）亡：逃亡。

③窜：藏匿。南塘：指秦淮河之南塘岸。舫（fǎng）：泛指船。

【译文】

谢安执政时，士兵与仆役逃亡后，大多数都就近藏在秦淮河南塘下的船只中。有人想请求谢安同时将这些人搜查出来，谢安不允许，说："如果不能容纳安置这些人，怎么能算是京都呢？"

文学第四

　　文学，"孔门四科"之一，原指礼乐制度，后泛指学术。魏晋时期是自先秦百家争鸣之后，又一个学术思想的繁荣发展时期。士人们贬黜刻板的经学，崇尚老庄哲学，热衷于谈虚胜、辨玄理，清谈之风大盛，遂有所谓"正始玄音"。当时，学术思想趋于活跃，文坛呈现出一派清新自由的景象。

　　本篇共有 104 则，展现了魏晋学术的盛况，也为后世研究魏晋学术思想提供了珍贵资料。本书节选了其中 23 则。

一

郑玄在马融门下①，三年不得相见，高足弟子传授而已。尝算浑天不合②，诸弟子莫能解。或言玄能者，融召令算，一转便决，众咸骇服。及玄业成辞归，既而融有"礼乐皆东"之叹，恐玄擅名而心忌焉。玄亦疑有追，乃坐桥下，在水上据屐。融果转式逐之③，告左右曰："玄在土下水上而据木，此必死矣。"遂罢追。玄竟以得免。

【注释】

①郑玄：字康成，东汉北海高密（今属山东）人。曾从马融习古文经。游学归里后，聚徒讲学，有弟子近千人。因党锢事被禁，潜心著述，遍注群经，形成郑学。马融：字季长，右扶风茂陵（今属陕西）人。东汉古文经学家。曾任校书郎、议郎、南郡太守等职。遍注群经，使古文经学达到成熟的境地。

②浑天：当指浑天仪，是古代观测天体位置的仪器。算浑天，即用浑天仪测算日月星辰的位置。

③转式：指转动推算用的栻盘，这是古代一种占卜方法。式，即栻，一种古代占卜用具，形状似罗盘，上圆下方，上盘可以转动。

【译文】

郑玄在马融门下求学，三年都见不到老师，仅由马融的高足弟子传授罢了。马融曾用浑天仪测算日月星辰的位置，但是与实际情况不符合，众多弟子也都无法解决。有人推荐郑玄说他能行，马融便让他来推算，郑玄把浑天仪一转便立即解决了问题，大家全都惊讶佩服不已。等到郑玄学业完成辞别回乡，马融就有了"礼乐都向东去了"的感叹，他怕郑玄独享盛名而心存忌惮。郑玄也怀疑有人来追，便坐在桥底下，凭靠着木屐浮在水面上。马融果然转动栻盘推算郑玄的去向来追他，告诉左右侍从说："郑玄在土下水上又靠着木头，这是必死之兆了。"于是停止了追赶，郑玄终于因此得以免祸。

四

服虔既善《春秋》①，将为注，欲参考同异。闻崔烈集门生讲传②，遂匿姓名，为烈门人赁作食③。每当至讲时，辄窃听户壁间。既知不能逾己，稍共诸生叙其短长。烈闻，不测何人。然素闻虔名，意疑之。明蚤往，及未寤④，便呼："子慎！子慎！"虔不觉惊应，遂相与友善。

【注释】

①服虔：字子慎，河南荥阳（今属河南）人。举孝廉，东汉灵帝末任九江太守。古文经学家，撰有《春秋左氏传解谊》。《春秋》：指《左传》。

②崔烈：字威考，东汉涿郡（今属河北）人。历仕郡守、九卿、司徒、太尉，封阳平亭侯。

③赁（lìn）：佣工。

④寤（wù）：睡醒。

【译文】

服虔擅长《左传》之学，准备为它作注释，想要参考比较各种观点。听说崔烈聚集门生讲授《左传》，便隐姓埋名，作为崔烈门人的佣工替他们做饭。每当到了崔烈讲授时，他就在门外墙壁后偷听。在了解了崔烈不能超过自己后，就逐渐同门生们谈论崔烈之说的优劣。崔烈听说后，猜测不出是什么人。但他素来听说过服虔的名声，怀疑就是他。第二天一早崔烈就去服虔处，趁着他没有睡醒，就喊道："子慎！子慎！"服虔惊醒过来不自觉地答应了，两人因此成了好朋友。

一四

卫玠总角时①，问乐令梦②，乐云："是想。"卫曰："形神所不接而梦，岂是想邪？"乐云："因也③。未尝梦乘车入鼠穴，捣齑啖铁杵④，皆无想无因故也。"卫思因经日不得，遂成病。乐闻，故命驾为剖析之，卫即小差⑤。乐叹曰："此儿胸中当必无膏肓之疾⑥。"

【注释】

①卫玠：字叔宝，河东安邑（今属山西）人。官至太子洗马。他是魏晋之际继何晏、王弼之后的清谈名士和玄学家。总角：古代未成年的人把头发扎成两结，形状如角，故称。借指童年。

②乐令：乐广。广字彦辅，河南淯阳（今属河南）人。

少孤贫，侨居山阳。性冲约有远识，寡欲能让，尤善谈论。累迁侍中、河南尹。其婿成都王司马颖与长沙王司马乂遘难，乐广遭到诬陷，以忧卒。

③因：凭借，因缘。

④捣齑（jī）：指捣碎姜、蒜、菜等辛辣之物。

⑤差（chài）：病愈。

⑥膏肓（huāng）之疾：难以治愈之病。这里借指难以解释的疑问。

【译文】

卫玠童年时问乐广人为什么会做梦，乐广说："梦是有所思才有的。"卫玠说："形体与精神没有接触的东西也会入梦，难道是有所思造成的吗？"乐广说："总是有因缘的。人从来不会梦见乘着车子进入鼠穴，把菜末捣碎却吃下铁棒，这些都是没有所思没有因缘的缘故。"卫玠因终日思考不得其解，于是得了病。乐广听说后，特意命人驾车去为他分析解释这个问题，卫玠的病即刻稍有好转。乐广感叹说："这孩子心中必定不会有郁结其中的疑难。"

二二

殷中军为庾公长史①，下都，王丞相为之集，桓公、王长史、王蓝田、谢镇西并在②。丞相自起解帐带麈尾，语殷曰："身今日当与君共谈析理③。"既共清言，遂达三更。丞相与殷共相往反，其余诸贤略无所关④。既彼我相尽，丞相乃叹曰："向来语乃竟未知理源所归。至于辞喻不相负，正始之音⑤，正当尔耳。"明旦，桓宣武语人曰："昨夜听殷、王清言，甚佳，仁祖亦不寂寞，我亦时复造心⑥；顾看两王掾⑦，辄翣如生母狗馨⑧。"

【注释】

①殷中军：殷浩，字渊源，陈郡长平（今属河南）人。善玄言，好《老》《易》。任扬州刺史，都督扬、豫、徐、兖、青五州军事，曾统军北伐，为前秦所败。后为桓温弹劾，废为庶人。庾公：庾亮。

②桓公：桓温。王长史：王濛。王蓝田：王述，字怀祖，太原晋阳（今属山西）人。官扬州刺史、尚书令。袭爵蓝田侯，故称。谢镇西：谢尚，字仁祖，陈郡阳夏（今属河南）人。历任历阳太守、中郎将、尚书仆射、豫州刺史，进号镇西将军。

③身：晋人常用的第一人称。

④略无所关：毫无关联，指不参与辩难。

⑤正始之音：指正始年间王弼、何晏所开谈玄风气。

⑥造心：指心有所悟。造，至，到达。

⑦两王掾（yuàn）：指王濛、王述。

⑧翣（shà）：用同"眨"，形容二人迷蒙不解之状。馨（xīn）：助词，与"样""般"同。

【译文】

殷浩担任庾亮的长史时，从荆州东下京城，王导为他举行集会，桓温、王濛、王述、谢尚等都在座。王导亲自起身解下挂在帐带上的麈尾，对殷浩说："我今天要与您一起辨析玄理。"他们便一起清谈，一直到了半夜三更。王导与殷浩两个人反复辩难，其余几位名士毫无插嘴的余地。他们彼此都把道理说尽后，王导叹息道："一直以来所说的，竟然不知玄理的本源之所在。至于辞语之意比喻的运用不相上下，正始之音，正应当是如此的吧。"第二天早晨，桓温对人说："昨夜听殷、王清谈，非常美妙。仁祖也不感到寂寞，我也常常心有所悟。回头看两位王姓属官，光眨眼，就像那活母狗一样。"

二五

褚季野语孙安国云①："北人学问，渊综广博②。"孙答曰："南人学问，清通简要。"支道林闻之，曰："圣贤固所忘言，自中人以还，北人看书如显处视月③，南人学问如牖中窥日④。"

【注释】

①褚（chǔ）季野：褚裒（póu），字季野，阳翟（今属河南）人。女为晋康帝皇后，官征北大将军，镇京口（今江苏镇江）。永和五年（349）进军驻彭城（今江苏徐州），兵败于代陂，引咎自贬，惭恨而死。孙安国：孙盛，字安国，太原中都（今属山西）人。历任佐著作郎、长沙太守、秘书监、加给事中。善言名理，与殷浩齐名。著有《魏氏春秋》《晋阳秋》。

②渊综：渊博而能综合。

③显处视月：喻所见面广，中心不突出。

④牖中窥日：喻所见面狭，重点鲜明。

【译文】

褚裒对孙盛说："北方人做学问，深厚综合，广阔博大。"孙盛答道："南方人做学问，清楚通达，简明扼要。"支遁听到后说："圣贤之人本来就只须意会无须言词。从中等以下的人来看，北方人看书，好像在显亮的地方看月亮；南方人做学问，好像透过窗户看太阳。"

二八

谢镇西少时，闻殷浩能清言，故往造之。殷未过有所通①，为谢标榜诸义②，作数百语，既有佳致③，兼辞条丰蔚④，甚足以动心骇听。谢注神倾意，不觉流汗交面。殷徐语左右："取手巾与谢郎拭面。"

【注释】

①过：过多。通：阐发。

②标榜：揭示。

③佳致：美好的情趣。

④辞条丰蔚：指言词通达，文采华美。

【译文】

谢尚年轻时听说殷浩善于清谈，便特地去拜访他。殷浩没有过多地阐发，只是为谢尚揭示各种义理，说了几百言，既有美妙的情趣，又兼具文采，很足以激动人心，震骇听闻。谢尚全神贯注地倾听，不知不觉汗流满面。殷浩从容地对左右侍从说："拿手巾来给谢郎擦脸。"

三一

孙安国往殷中军许共论，往反精苦^①，客主无间。左右进食，冷而复暖者数四。彼我奋掷麈尾，悉脱落满餐饭中，宾主遂至莫忘食^②。殷乃语孙曰："卿莫作强口马，我当穿卿鼻^③！"孙曰："卿不见决鼻牛，人当穿卿颊^④！"

【注释】

①精苦：指用尽心思。

②莫：即"暮"，傍晚。

③强（jiàng）口马：指嘴上不肯套上嚼子的倔马。马带嚼子牛穿鼻是常识，殷浩说孙盛是强口马，却要穿其鼻，是一大疏漏。

④决鼻牛：指挣断鼻环的犟牛。孙盛把自己比作决鼻牛，而将殷浩比作强口马，给他带上嚼子。

【译文】

孙盛到殷浩处共同谈论义理，两人竭尽全力反复辩论，主客双方论辩毫无间隙。左右侍从送上饭菜，冷了再热，热了再冷，反复多次。双方辩论时都奋力挥动麈尾，麈尾上的毛都脱落到了饭菜上，宾主双方直到傍晚都忘了吃饭。殷浩就对孙盛说："您不要做强口马，我要穿您的鼻子了。"孙盛说："您没见过挣脱鼻环逃走的犟牛吗，人家要穿您的面颊给您带上嚼子了。"

三六

王逸少作会稽①，初至，支道林在焉。孙兴公谓王曰②："支道林拔新领异③，胸怀所及乃自佳，卿欲见不④？"王本自有一往隽气⑤，殊自轻之⑥。后孙与支共载往王许⑦，王都领域⑧，不与交言。须臾支退。后正值王当行，车已在门，支语王曰："君未可去，贫道与君小语。"因论《庄子·逍遥游》。支作数千言，才藻新奇，花烂映发。王遂披襟解带⑨，留连不能已。

【注释】

①王逸少：王羲之，字逸少。

②孙兴公：孙绰，字兴公，太原中都（今属山西）人。历官永嘉太守、散骑常侍、廷尉、领著作。少爱隐居，喜游山林。博学善属文，著有《遂初赋》《天台赋》等。

③拔新领异：标新立异。

④不：否。

⑤一往：满腹。隽气：指超脱、不同凡响之气概。

⑥殊自：很。

⑦许：住处。

⑧都：总。领域：指自设领域，拒人于外。

⑨披襟解带：敞开衣襟，解开衣带，指忘记了出行。

【译文】

王羲之任会稽内史，刚到任上，支遁正在那里。孙绰对王羲之说："支道林标新理立异义，他的见解都很精妙，您想见他吗？"王羲之原本就满心傲然气概，很轻视支道林。后来孙绰与支遁一起乘车到王羲之住处，王羲之总是保持距离，不跟支遁交谈。一会儿支遁告退。当时正值王羲之准备外出，车已备好在门口，支遁对王羲之说："请不要走，我要与您稍讲几句话。"于是就谈论《庄子·逍遥游》，支道林讲了洋洋数千言，才思文采新鲜奇特，如繁花烂漫，交相辉映。王羲之于是敞开衣襟，解开衣带，对支遁恋恋不舍。

三八

许掾年少时①，人以比王苟子②，许大不平。时诸人士及支法师并在会稽西寺讲③，王亦在焉。许意甚忿，便往西寺与王论理，共决优劣，苦相折挫④，王遂大屈。许复执王理，王执许理，更相覆疏⑤，王复屈。许谓支法师曰："弟子向语何似？"支从容曰："君语佳则佳矣，何至相苦邪？岂是求理中之谈哉⑥？"

【注释】

①许掾：许询，字玄度，高阳（今属河北）人，有才藻，善著文。征为司徒掾，不就，隐居不仕。

②王苟子：王修，字敬仁，小字苟子，太原晋阳（今

属山西）人，王濛之子，善隶书。早卒，年仅
二十四岁。

③支法师：支道林。西寺：光相寺，在会稽（今浙江
绍兴）城西。讲：讲论，指清谈。

④苦相折挫：竭力驳难对方。

⑤覆疏：指反复辩论。

⑥理中：得理之中，指玄谈之理不偏不倚，恰到好处。

【译文】

许询年轻时，人们都把他比作王修，许询大不服气。
当时很多名士以及支遁都在会稽的西寺清谈，王修也在那
里。许询心中很气恼，便去西寺与王修辩论玄理，相互决
优劣，两人竭尽全力要折服对方，王修最终大受挫折。许
询又持王修的道理，王修则持许询的道理，再一次互相反
复辩论，王修又一次屈服。许询对支遁说："我刚才的言辞
怎么样？"支遁不慌不忙地说："您的言辞好是好的，但何
至于苦苦相逼呢？这哪里是探询玄理的论辩呢？"

三九

林道人诣谢公①，东阳时始总角②，新病起，体
未堪劳，与林公讲论，遂至相苦。母王夫人在壁后
听之，再遣信令还，而太傅留之③。王夫人因自出，
云："新妇少遭家难④，一生所寄，唯在此儿。"因
流涕抱儿以归。谢公语同坐曰："家嫂辞情慷慨，致
可传述⑤，恨不使朝士见！"

【注释】

①林道人：支道林。谢公：谢安。

②东阳：谢朗，官至东阳太守，故称。

③太傅：指谢安。

④家难：指其丈夫谢据早亡。

⑤致：通"至"，极，最。

【译文】

支遁去拜访谢安，谢朗当时还在童年，病刚刚好，身体还经不起劳累。他与支遁谈论玄理，以至于互相辩驳毫不相让。他母亲王夫人在壁后听到他们的辩论，两次派人传话让他回去，但谢安却留住他不放。王夫人于是亲自出来说："我年轻时家门就遭到不幸，一生希望都寄托在这个孩子身上了。"于是流着泪把儿子抱了回去。谢安对在座的人说："家嫂言辞情意都很感人，最值得传扬称道，遗憾的是不能让朝中人士见到！"

四五

于法开始与支公争名①，后情渐归支②，意甚不分③，遂遁迹剡下。遣弟子出都④，语使过会稽。于时支公正讲小品⑤。开戒弟子："道林讲，比汝至，当在某品中⑥。"因示语攻难数十番⑦，云："旧此中不可复通。"弟子如言诣支公。正值讲，因谨述开意，往反多时，林公遂屈，厉声曰："君何足复受人寄载来⑧！"

【注释】

①于法开：东晋高僧，才辩纵横，擅长讲《放光经》《法华经》，妙通医法。

②情：指人心。支：支遁。

③不分（fèn）：不平，不服气。

④出都：往京都。

⑤小品：佛经指七卷本的《小品般若波罗蜜经》，与二十四卷本的《摩诃般若波罗蜜经》相对。

⑥品：佛经的篇章。

⑦攻难：驳斥非难。

⑧寄载：指受人委托。

【译文】

　　于法开当初与支遁争名，后来大家的心意逐渐归向支遁，他心里很不服气，便隐居到剡县。他派弟子到京都去，嘱咐弟子要经过会稽。当时支遁正在讲《小品》经。于法开告诫弟子说："道林正在宣讲佛经，等你到了那里，应当讲到某一章了。"于是就为弟子演示驳斥非难的问题有几十个回合，并说："这些问题老观点是不可能讲通的。"弟子按照他的话去拜访支遁。正好碰到支遁在宣讲，于是他就小心地陈述了于法开的意见，与支遁反复论辩很久，支遁最终败下阵来，厉声说："你何必受别人指使传递他人之论呢！"

<h1 style="text-align:center">四七</h1>

　　康僧渊初过江①，未有知者，恒周旋市肆，乞

索以自营。忽往殷渊源许②，值盛有宾客，殷使坐，粗与寒温③，遂及义理④，语言辞旨⑤，曾无愧色，领略粗举⑥，一往参诣⑦，由是知之。

【注释】

①康僧渊：东晋名僧，本为西域人，生于长安，晋成帝时过江，在豫章山立寺讲经，听者云集。

②殷渊源：殷浩。

③寒温：寒暄，见面时谈天气冷暖之类的应酬话。

④义理：指玄学名理。

⑤辞旨：言谈之意趣。

⑥领略：领会，理会。粗举：粗略阐释。

⑦一往参诣：指直接进入到玄理的至高境界。参，探究并领会。诣，学术所达到的境界。

【译文】

康僧渊刚刚过江时，没有什么人知道他，常常出入集市，靠乞讨化缘营生。一天他突然到殷浩家去，正遇到殷家宾客盈门，殷浩让他入座，他稍稍寒暄几句后，便讲到了玄学名理的论题，言谈中的措辞和意趣，比起他人来毫无愧色，凭借着领悟能力略加阐释，就直接达到了玄理的最高境界。从此大家都知道了他。

五三

张凭举孝廉①，出都，负其才气，谓必参时彦②。欲诣刘尹③，乡里及同举者共笑之。张遂诣刘，刘洗濯料事，处之下坐，唯通寒暑，神意不接。张欲自发无端④。顷之，长史诸贤来清言⑤，客主有不通处，张乃遥于末坐判之，言约旨远，足畅彼我之怀，一坐皆惊。真长延之上坐，清言弥日，因留宿至晓。张退，刘曰："卿且去，正当取卿共诣抚军⑥。"张还船，同侣问何处宿，张笑而不答。须臾，真长遣传教觅张孝廉船⑦，同侣惋愕。即同载诣抚军，至门，刘前进谓抚军曰："下官今日为公得一太常博士妙选。"既前，抚军与之话言，咨嗟称善，曰："张凭勃窣为理窟⑧。"即用为太常博士。

【注释】

①张凭：字长宗，吴郡（今属江苏）人。历官太常博士、吏部郎、御史中丞。孝廉：汉代以后选拔官吏的一种科目，州郡每年可荐举孝顺父母和清廉者各一名，经考核后授以一定的官职。

②参：参与，加入。时彦：当时有才学之士。

③刘尹：刘惔，字真长，官丹阳尹，故称。

④自发：自己引发话题。端：缘由。

⑤长史：指王濛。

⑥抚军：指简文帝，曾任抚军大将军。

⑦传教：传达教令的小吏。

⑧勃窣（sū）：犹婆娑，形容才气横溢，词彩缤纷。理窟：义理的渊薮，喻富于才学。

【译文】

张凭被举荐为孝廉后，到京都去，他仗恃自己的才气，认为必定能置身于当时才学名流之列。他想去拜访刘惔，同乡人及同时被举荐的孝廉都笑话他。张凭于是就去拜访刘惔，刘惔正在洗涮处理杂事，把他安排在下座，只是与他寒暄了几句，神情之间并不把他放在眼里。张凭想引出话题却没有因由。不久，王濛等众名士都来清谈，主客双方产生分歧的地方，张凭就远远地在下座加以分析评判，言语简要但含意深远，足以使彼此之间的胸怀感到舒畅，满座宾客都很惊讶。刘惔就请张凭到上座来坐，清谈了一整天，于是又留他住宿到天亮。张凭告辞时，刘惔说："您暂且回去，我即将邀请您同去拜见抚军将军。"张凭回到船上，同伴们问他在哪里住宿，张凭笑而不答。不多久，刘惔派了传达教令的郡吏来找张凭的船，同伴们都感到惊讶。张凭随即和刘惔同乘一辆车去拜见抚军将军。到了门口，刘惔先进去对抚军将军说："我今天为您觅得一位太常博士的极佳人选。"张凭于是上前拜见，抚军将军与他谈话，赞叹称好，说："张凭才华横溢，词彩缤纷，堪称义理的渊薮。"立即任用他为太常博士。

<h1 style="text-align:center">五五</h1>

支道林、许、谢盛德①，共集王家②，谢顾谓诸人："今日可谓彦会③。时既不可留，此集固亦难常，当共言咏，以写其怀。"许便问主人："有《庄子》不？"正得《渔父》一篇。谢看题，便各使四坐

通④。支道林先通，作七百许语，叙致精丽，才藻奇拔，众咸称善。于是四坐各言怀毕，谢问曰："卿等尽不？"皆曰："今日之言，少不自竭。"谢后粗难⑤，因自叙其意，作万余语，才峰秀逸，既自难干⑥，加意气拟托⑦，萧然自得，四坐莫不厌心⑧。支谓谢曰："君一往奔诣⑨，故复自佳耳。"

【注释】

①许：许询。谢：谢安。盛德：美德。

②王家：王濛家。

③彦会：贤士聚会。彦，对士的美称。

④通：解释，阐述。

⑤粗难（nàn）：粗略地加以驳难。

⑥干：干犯，冒犯，指反驳。

⑦拟托：比拟寄托。

⑧厌心：心服。

⑨一往奔诣：指直接阐明要领，达到很高境界。

【译文】

支遁、许询、谢安都有美德，他们在王濛家聚会。谢安环顾四座对大家说："今天可说是群贤聚会。时光既不可留驻，这样的雅会本来也难以常有，大家应当一起来清谈吟咏，以抒发各自的怀抱。"许询就问主人王濛："有《庄子》吗？"主人拿来《庄子》正好翻到《渔父》一篇。谢安看到题目，就请四座各自阐发见解发表高论。支遁首先阐述，讲了七百多言，叙述情致精细优美，才情辞藻也是秀异特出，大家都同声称好。于是四座之人各抒己见完毕，谢安问道："诸位谈尽兴了没有？"诸人都说："今天所说，无不言不尽意。"谢安随后粗略地加以驳难，并阐发了自己的意见，讲了万余言，文才俊秀奔放，既难以反驳，又加意气风发似有寄托，显得潇洒自如，令满座名士都感到心服。支遁对谢安说："您说的话要言不烦，达到了高深的境界，自然佳妙无比。"

五六

殷中军、孙安国、王、谢能言诸贤^①，悉在会稽王许^②，殷与孙共论《易象妙于见形》^③，孙语道合，意气干云，一坐咸不安孙理^④，而辞不能屈。会稽王慨然叹曰："使真长来^⑤，故应有以制彼。"即迎真长，孙意已不如。真长既至，先令孙自叙本理，孙粗说己语，亦觉殊不及向。刘便作二百许语，辞难简切^⑥，孙理遂屈。一坐同时拊掌而笑^⑦，称美良久。

【注释】

①王：王濛。谢：谢尚。

②会稽王：简文帝曾封会稽王，故称。

③《易象妙于见形》：孙盛作，今佚。

④安：满意。

⑤真长：刘惔。

⑥辞难：言辞驳难。

⑦拊掌：拍掌。

【译文】

　　殷浩、孙盛、王濛、谢尚等善于清谈的众名士，都在会稽王司马昱处聚会。殷浩与孙盛一起谈论《易象妙于见形》这篇文章。孙盛所说与义理相结合，意气飞扬，满座名士虽然不同意他的观点，但言辞上又不能使之屈服。会稽王感慨叹息道："如果真长来，就应该有办法制服他。"随即派人去迎接刘惔，孙盛感到自己不如刘惔。刘惔到后，先让孙盛自己叙述原来的义理。孙盛粗略地说了自己的意见，也感觉大大比不上先前所说的。刘惔于是就讲了两百多句话，言辞、驳难都简明贴切，孙盛的理论就被击败了。满座名士同时拍掌而笑，称赞不已。

六六

　　文帝尝令东阿王七步中作诗①，不成者行大法②。应声便为诗曰："煮豆持作羹，漉菽以为汁③。萁在釜下然④，豆在釜中泣。本自同根生，相煎何太急！"帝深有惭色。

【注释】

①文帝：魏文帝曹丕，字子桓，沛国谯（今属安徽）人，曹操与卞氏的长子，曹魏开国之主。东阿王：曹植，字子建，曹丕同母弟，曾封为东阿王，故称。富于才学，因备受猜忌，郁郁而死。又封陈王，谥号思，世称陈思王。善辞赋，后人辑有《曹

子建集》。

②大法：指死刑。

③漉（lù）：水慢慢渗下。菽（shū）：豆类。

④萁（qí）：豆茎。然："燃"的古字。

【译文】

魏文帝曾经命令东阿王曹植在走七步的时间内作一首诗，如果作不出就要执行死刑。曹植应声作诗一首："煮豆持作羹，漉菽以为汁。萁在釜下然，豆在釜中泣。本自同根生，相煎何太急！"魏文帝听了感到非常惭愧。

六七

魏朝封晋文王为公①，备礼九锡②，文王固让不受。公卿将校当诣府敦喻③，司空郑冲驰遣信就阮籍求文④。籍时在袁孝尼家⑤，宿醉扶起，书札为之，无所点定，乃写付使。时人以为神笔。

【注释】

①晋文王：司马昭，字子上，河内温（今属河南）人，司马懿次子。曹髦时为大将军，专权。甘露五年（260）杀魏帝曹髦，立曹奂为帝。景元四年（263）伐灭蜀，自称晋公。后加晋王。咸熙二年（265），卒。死后数月，其子司马炎代魏称帝，建立晋朝，尊司马昭为文帝，庙号太祖。为公：封为晋公。

②九锡：古代帝王尊礼大臣所给的九种器物，分别为车马、衣服、乐器、朱户、纳陛、虎贲、弓矢、铁

、秬鬯（jù chàng，祭神用的酒）。

③敦喻：督促开导。

④郑冲：字文和，荥阳开封（今属河南）人。出身寒微，博究儒术。仕魏，官至司空、司徒、太保等。封寿光侯。入晋，拜太傅，进爵为公。阮籍：字嗣宗，陈留尉氏（今属河南）人。曾任步兵校尉，世称阮步兵。崇奉老庄之学，政治上采取谨慎避祸的态度。与嵇康、刘伶等友善，是"竹林七贤"之一。其诗作以《咏怀》八十二首最为著名。

⑤袁孝尼：袁准，陈郡阳夏（今属河南）人。官至给事中。

【译文】

魏朝封司马昭为晋公，准备颁赐给他九锡之礼。司马昭坚决辞谢不肯接受。朝中文武百官将要到他府中去劝导，司空郑冲派信使快马加鞭到阮籍处求他写一篇劝进的文章。阮籍当时在袁准家，隔夜酣饮的余醉尚未消退就被扶起来，他在木札上书写文稿，一字不改，就写定交给来使。当时人都认为是神来之笔。

六八

左太冲作《三都赋》初成①，时人互有讥訾②，思意不惬③。后示张公④，张曰："此'二京'可三⑤，然君文未重于世，宜以经高名之士。"思乃询求于皇甫谧⑥，谧见之嗟叹，遂为作叙。于是先相非贰者，莫不敛衽赞述焉⑦。

【注释】

①左太冲：左思，字太冲，齐临淄（今属山东）人。其貌不扬，且又口吃，但为文辞藻壮丽。

②讥訾（zǐ）：讥刺诋毁。

③不惬（qiè）：不愉快。

④张公：张华，字茂先，范阳方城（今属河北）人。晋初任中书令，散骑常侍。惠帝时历任侍中、中书监、司空，后为赵王伦和孙秀所杀。以博洽著称。

⑤二京：指班固的《两都赋》和张衡的《二京赋》。班、张二赋都是描写西汉都城长安和东汉都城洛阳的。

⑥皇甫谧（mì）：幼名静，字士安，号玄晏先生，安定朝那（今属宁夏）人。晋武帝屡下诏征，均称病不就。中年患风痹，乃钻研医学，著有《甲乙经》。

⑦敛衽（rèn）：整整衣襟，表示恭敬。

【译文】

左思的《三都赋》刚完成时，当时人交相加以讥刺诋毁，左思心里很不愉快。后来左思把赋拿给张华看，张华说："此赋可与《两都赋》《二京赋》鼎足而三。但是现在您的文名尚未能为世人所重，应该让享有盛名的人士加以推荐。"左思就去请教拜求皇甫谧，皇甫谧见了此赋后大为赞叹，就为赋作序。于是先前那些非议此赋的人，无不恭恭敬敬地赞美称扬它。

七〇

乐令善于清言，而不长于手笔①。将让河南

尹^②，请潘岳为表^③。潘云："可作耳，要当得君意。"乐为述己所以为让，标位二百许语^④，潘直取错综^⑤，便成名笔^⑥。时人咸云："若乐不假潘之文，潘不取乐之旨，则无以成斯矣。"

【注释】

①乐令：乐广。手笔：指写文章。

②让：指辞去官职。

③潘岳：字安仁，荥阳中牟（今属河南）人。历任河南令、著作郎、给事黄门侍郎等职。谄事权贵贾谧，后为赵王司马伦及孙秀所杀。

④标位：指阐释。

⑤直：特，只。

⑥名笔：名作，佳作。

【译文】

乐广善于清谈，却并不擅长写文章。他准备辞去河南尹的官职时，便请潘岳为他来写奏章。潘岳说："我可以代写，但得先知道您的意思才行。"乐广就为他讲述了自己辞官的原因，阐释了两百来言。潘岳只是把乐广的意思加以综合，便写成了一篇佳作。当时人都说："如果乐广不借潘岳的文章，潘岳不用乐广的意思，那就无法写成这样的美文了。"

七九

庾仲初作《扬都赋》成^①，以呈庾亮，亮以亲族之怀②，大为其名价，云可三《二京》、四《三都》。于此人人竞写，都下纸为之贵。谢太傅云③："不得尔④，此是屋下架屋耳⑤，事事拟学，而不免俭狭⑥。"

【注释】

①庾仲初：庾阐，字仲初。颍川鄢陵（今属河南）人。曾任彭城内史、零陵太守。

②怀：情怀。

③谢太傅：谢安。

④尔：如此。

⑤屋下架屋：比喻不仅重复，而且无法超越。

⑥俭狭：指内容贫乏狭窄。俭，贫乏。

【译文】

庾阐写成《扬都赋》后，把它呈送给庾亮看。庾亮出于同宗的情意，给予很高的评价，说简直可以与班固的《两都赋》、张衡的《二京赋》鼎足而三，与左思的《三都赋》并列为四。于是人人争相抄写，京城里的纸价也因此贵了起来。谢安说："并非如此！这篇文章是屋下架屋罢了，处处仿照别人，就不免内容贫乏狭窄了。"

八八

袁虎少贫①，尝为人佣载运租。谢镇西经船行②，其夜清风朗月，闻江渚间估客船上有咏诗声③，甚有情致；所诵五言，又其所未尝闻，叹美不能已。

即遣委曲讯问④，乃是袁自咏其所作《咏史诗》。因此相要⑤，大相赏得⑥。

【注释】

①袁虎：袁宏，字彦伯，小字虎，阳夏（今属河南）人。有才学，文章绝美。著有《后汉纪》《竹林名士传》《东征赋》《北征赋》《三国名臣颂》等。

②谢镇西：谢尚。

③江渚（zhǔ）：江中的沙洲。

④委曲：把事情的底细和经过讲清楚，称为委曲详尽。

⑤要（yāo）：邀请。

⑥赏得：赏识相得。

【译文】

袁宏年轻时很穷，曾经被人雇用运送租粮。谢尚乘船经过，那天夜里清风明月，听到江中小洲边的商船上有吟诗声，很有情趣，所吟诵的五言诗，又是自己从来没有听到过的，便赞叹不止。谢尚立即派人详细探询情况，原来是袁宏在吟诵自己作的《咏史诗》。于是就邀请袁宏前来，大加赏识，彼此相洽。

九六

桓宣武北征①，袁虎时从，被责免官。会须露布文②，唤袁倚马前令作。手不辍笔，俄得七纸，殊可观。东亭在侧③，极叹其才。袁虎云："当令齿舌间得利④。"

【注释】

①桓宣武：桓温。北征：晋废帝太和四年（369），桓温北征前燕。

②露布：古代指檄文、捷报等。

③东亭：王珣（xún），字元琳，王导之孙，年轻时为桓温主簿，后为尚书右仆射，封东亭侯。官至散骑常侍。

④齿舌：指赞赏、夸奖。

【译文】

桓温北征时，袁宏也跟随出征，因事被责罚免去官职。恰巧急需写一篇布告，就叫袁宏靠在马前写。袁宏手不停笔，很快就写好了七张纸，文采极其出色。王珣在旁边，极力赞叹他的文才。袁宏说："也应当让我得到一点夸奖啊。"

一〇三

桓玄初并西夏①，领荆、江二州、二府、一国②。于时始雪，五处俱贺，五版并入③。玄在听事上，版至，即答版后，皆粲然成章④，不相揉杂⑤。

【注释】

①西夏：华夏之西，指中原地区西部。

②二府：指八州都督府及后将军府。一国：指桓温死后，袭南郡公的封号。

③五版：指上述二州、二府、一国五处的贺笺。

④粲（càn）然：有文采的样子。

⑤揉杂：混杂在一起。

【译文】

桓玄刚刚占据中原西部地区时，统领荆、江二州军事，担任二府长官，还封有郡国。当时初降大雪，五个处所同时祝贺，五处贺笺一起送达。桓玄在厅堂上，贺笺一到，就立即在贺笺后面作答，都能辞藻华美，斐然成章，而且内容互不混杂。

方正第五

方正，指人的品行正直不阿，不为外力所屈服。"贤良方正"，是历代选士的重要标准，西汉时期就有诏令举"贤良方正能直言极谏者"的措施。贤良方正，也成为我国知识分子的传统美德。

本篇共有 66 则，记载了魏晋士人们刚正耿直、不畏权威、尽忠节孝、舍生取义的故事。本书节选了其中 15 则。

一

　　陈太丘与友期行，期日中，过中不至，太丘舍去，去后乃至。元方时年七岁，门外戏。客问元方："尊君在不？"答曰："待君久不至，已去。"友人便怒，曰："非人哉！与人期行，相委而去①。"元方曰："君与家君期日中。日中不至，则是无信；对子骂父，则是无礼。"友人惭，下车引之②，元方入门不顾。

【注释】

①委：抛弃，舍弃。

②引：拉。

【译文】

　　陈寔与友人约定时间一起出行，时间定在正午。结果过了正午友人还不来，陈寔于是不等他先走了，走了之后友人才到。当时陈寔的长子陈纪七岁，正在门外玩耍。客人问陈纪："令尊在家吗？"陈纪回答道："等了您好久也不来，他已经走了。"友人于是大怒道："真不是人啊！与别人约定一起出行，却丢下别人自己走了。"陈纪说："您与我父亲约定的时间是正午。到了正午不来，就是没有信用；当着别人儿子的面骂他的父亲，就是无礼。"友人感到惭愧，就下车来拉他，陈纪头也不回地走进门里去了。

二

　　南阳宗世林①，魏武同时，而甚薄其为人，不与之交。及魏武作司空，总朝政，从容问宗曰："可以交未？"答曰："松柏之志犹存。"世林既以忤旨见疏，位不配德。文帝兄弟每造其门②，皆独拜床下。其见礼如此。

【注释】

①宗世林：宗承，字世林，南阳安众（今属河南）人。年轻时即修德有美名，曹丕时征为直谏大夫。明帝时欲以之为相，以年老固辞不就。

②文帝兄弟：指曹丕、曹植。

【译文】

南阳宗承与曹操是同时代人，但很看不起曹操的为人，不肯与曹操结交。等到曹操做了司空，总揽朝政，就从容地问宗承道："可不可以同我结交啊？"宗承答道："松柏的志气还在。"宗承因为不顺从曹操而被疏远后，官位与德行不相称。曹丕与曹植兄弟每次到他家拜访，都会各自拜倒在他的坐榻下。他受到的礼遇就像这样。

四

郭淮作关中都督①，甚得民情，亦屡有战庸②。淮妻，太尉王凌之妹③，坐凌事，当并诛，使者征摄甚急④。淮使戒装⑤，克日当发⑥。州府文武及百姓劝淮举兵，淮不许。至期遣妻，百姓号泣追呼者数万人。行数十里，淮乃命左右追夫人还，于是文武奔驰，如徇身首之急⑦。既至，淮与宣帝书曰⑧：

"五子哀恋，思念其母。其母既亡，则无五子；五子若殒⑨，亦复无淮。"宣帝乃表特原淮妻⑩。

【注释】

①郭淮：字伯济，太原阳曲（今属山西）人。历官雍州刺史、征西将军等，进封都乡侯。

②战庸：战功。庸，功。

③王凌：字彦云，太原祁（今属山西）人。曹操时辟为丞相掾属。曹丕时拜散骑常侍，伐吴有功，封宜城亭侯。司马懿当权时，为太尉。他拟迎立楚王曹彪为帝，废齐王曹芳，为人告发后服毒自杀，司马懿诛其三族。

④征摄：捉拿。

⑤戒装：准备行装。

⑥克日：限定时间。

⑦徇：营救。

⑧宣帝：司马懿，字仲达，河内温县（今属河南）人。三国时期魏国的大都督，丞相，代曹爽把持政权，封宣王。其孙司马炎代魏称帝，追尊为晋宣帝。

⑨殒（yǔn）：死亡。

⑩表：指上表给魏帝。原：宽恕，赦免。

【译文】

郭淮担任关中都督时，深得民心，也屡立战功。郭淮的妻子是太尉王凌的妹妹，受王凌的株连，应当一起处死，使者追捕捉拿非常急迫。郭淮便让妻子准备行装，按限定的日期出发。州府里的文武官员及百姓都劝郭淮起兵抗拒，郭淮不答应。到了期限，他就打发妻子上路，百姓号哭追赶呼叫的有几万人。走了几十里地，郭淮才让左右侍从把夫人追回来，于是文武官员急速奔驰，就像去营救即将被斩首的人那样紧急。妻子回来后，郭淮上书司马懿说："我的五个儿子哀痛眷恋，思念他们的母亲，他们的母亲如果死了，那么五个儿子也就没有了；五个儿子如果死了，也就不再有我郭淮了。"司马懿看到后就上表魏帝，特赦了郭淮的妻子。

五

诸葛亮之次渭滨①，关中震动。魏明帝深惧晋宣王战②，乃遣辛毗为军司马③。宣王既与亮对渭而陈④，亮设诱谲万方⑤，宣王果大忿，将欲应之以重兵。亮遣间谍觇之⑥，还曰："有一老夫，毅然仗黄钺，当军门立，军不得出。"亮曰："此必辛佐治也。"

【注释】

①诸葛亮：字孔明，号卧龙，琅邪阳都（今属山东）人，三国蜀汉丞相。死谥忠武侯。次渭滨：驻扎在渭水旁。次，停留。

②魏明帝：曹睿，字元仲，曹丕的长子。继位之初很勤勉，多次成功防御吴、蜀的北伐，后来大修官室，临终让曹爽、司马懿同时辅政，埋下祸根。晋

宣王：司马懿。

③辛毗（pí）：字佐治，颍川阳翟（今属河南）人，官
　至卫尉。军司马：应作"军师"。晋人避司马师之
　名讳，故改为"军司"。"马"为衍字。

④对渭而陈：隔着渭水对阵。陈，同"阵"。

⑤设诱谲（jué）：指设计诱骗对方。谲，欺骗。万方：
　千方百计。

⑥觇（chān）：窥视，察看。

【译文】

　　诸葛亮率军驻扎在渭水之滨，关中为之震动。魏明帝很担心司马懿出兵应战，就派辛毗任军师。司马懿与诸葛亮隔着渭水对阵后，诸葛亮千方百计设计诱骗对方出战。司马懿果然大怒，准备用重兵来应战。诸葛亮派间谍去探看对方的动静。间谍回来报告说："有一位老人，神情坚毅地手拿黄钺，在军营门口站立着，军队无法出来。"诸葛亮说："这必定是辛毗了。"

十

　　诸葛靓后入晋①，除大司马②，召不起。以与晋室有仇③，常背洛水而坐。与武帝有旧，帝欲见之而无由，乃请诸葛妃呼靓④。既来，帝就太妃间相见。礼毕，酒酣，帝曰："卿故复忆竹马之好不⑤？"靓曰："臣不能吞炭漆身⑥，今日复睹圣颜。"因涕泗百行⑦。帝于是惭悔而出。

【注释】

①诸葛靓（jìng）：字子思，魏司空诸葛诞之子。诸葛诞叛魏时，派他入吴，官拜右将军、大司马，晋灭吴后，他到了晋的都城洛阳。

②除：拜官授职。大司马：官名。上公之一，位在三公之上。

③与晋室有仇：诸葛靓之父诸葛诞被司马昭所杀，故与晋有杀父之仇。

④诸葛妃：司马懿的儿子琅邪王司马伷（zhòu）的王妃是诸葛靓的姐姐，晋武帝司马炎的叔母。后文之"太妃"亦指诸葛妃。

⑤竹马之好：指儿时的友情。竹马为儿童玩具，用竹竿当马骑。

⑥吞炭漆身：战国时韩、魏、赵合力杀智伯，赵襄子尤恨智伯，取其头漆为饮器。智伯的门客豫让为替其报仇，漆身为癞，吞炭为哑，改变容貌声音，想刺杀赵襄子，事败而死。后即喻指矢志复仇。

⑦涕泗（sì）：眼泪和鼻涕。

【译文】

诸葛靓后入晋朝，官拜大司马，他却不肯应召。因为他与晋朝王室有杀父之仇，所以常常背对洛水而坐。他与晋武帝有交情，武帝想见他又找不到什么借口，就请诸葛妃把诸葛靓叫来。诸葛靓来后，武帝就到太妃这里来和他相见。见过礼后，大家畅快地饮酒，武帝说："你还记得我们小时候的情谊吗？"诸葛靓说："我不能像豫让那样吞炭漆身为父报仇,所以今天得以再见到圣上的容颜。"说着涕泪满面。武帝于是惭愧悔恨地走了。

一一

武帝语和峤曰:"我欲先痛骂王武子^①,然后爵之。"峤曰:"武子俊爽,恐不可屈。"帝遂召武子苦责之,因曰:"知愧不?"武子曰:"尺布斗粟之谣^②,常为陛下耻之。它人能令疏亲,臣不能使亲疏,以此愧陛下!"

【注释】

①王武子:王济,字武子,太原晋阳(今属山西)人。善《易》及《老》《庄》。好弓马,善清谈,有名于时,尚晋武帝女常山公主。官中书郎、骁骑将军、侍中、太仆等。武帝的弟弟齐王司马攸有才华,所以武帝猜忌他,再加左右亲信进谗,便把司马攸逐出朝廷。王济曾竭力反对,还派妻子进宫劝阻,引起武帝的不满,所以痛骂王济。

②尺布斗粟之谣:汉朝淮南厉王刘长被文帝以谋反罪流放,途中绝食而死。民谣讽之曰:"一尺布,尚可缝;一斗粟,尚可舂。兄弟二人,不能相容。"

【译文】

武帝对和峤说:"我要先痛骂王济,然后再给他封爵位。"和峤道:"王济这人俊迈豪爽,恐怕不能使他屈服。"武帝就召见王济,狠狠地责骂他一通,于是问他说:"知道羞愧吗？"王济道："汉代有'尺布斗粟'之谣，我常常替陛下感到耻辱！别人能叫疏远的人亲近，我却不能使亲近的人疏远，为此我愧对陛下。"

一五

山公大儿著短帢^①，车中倚。武帝欲见之，山公不敢辞，问儿，儿不肯行。时论乃云胜山公。

【注释】

①山公：山涛，字巨源，河内怀县（今属河南）人。"竹林七贤"之一，好老庄哲学。晋初任吏部尚书、尚书右仆射等职。原有集，已佚，有辑本。大儿：长子，名该，字伯伦，官至左卫将军。短帢（qià）：古代士人戴的一种便帽。在朝见皇帝时戴这种帽子与礼不合，所以山该不肯去见武帝。

【译文】

山涛的长子戴着一顶便帽，靠在车中。武帝想见他，山涛不敢推辞，就去问儿子，儿子不肯去。当时人评论就认为儿子胜过山涛。

一六

向雄为河内主簿^①，有公事不及雄，而太守刘淮横怒^②，遂与杖遣之。雄后为黄门郎，刘为侍中，初不交言。武帝闻之，敕雄复君臣之好。雄不得已，诣刘再拜曰："向受诏而来，而君臣之义绝，何如！"于是即去。武帝闻尚不和，乃怒问雄曰："我令卿复君臣之好，何以犹绝？"雄曰："古之君子，进人以礼，退人以礼。今之君子，进人若将加诸膝，退人若将坠诸渊。臣于刘河内不为戎首③，亦已幸甚，安复为君臣之好？"武帝从之。

【注释】

①向雄：字茂伯，河内山阳（今属河南）人。官至黄门侍郎、泰州刺史、河南尹。后因固谏忤旨，忧愤而死。河内：郡名。治所在今河南沁阳。

②刘淮：当作刘准，字君平，历官河内太守、侍中、尚书仆射、司徒。横怒：暴怒。

③戎首：指挑起事端者。

【译文】

向雄担任河内主簿时，有一件公事与向雄并无关涉，而太守刘淮暴怒，便处以杖责并革职遣退了他。向雄后来担任黄门侍郎，刘淮担任侍中，两人始终互不说话。武帝听说此事，就命令向雄与刘淮恢复原来君臣的关系。向雄没有办法，便到刘淮那里，再拜行礼后说："我刚才接受皇帝的诏命而来，而原来我们之间的君臣情义已经断绝，你认为怎么样？"说完就走了。武帝听说他们还是不和，就怒问向雄说："我命你去恢复君臣情义，为什么还是绝交呢？"向雄说："古代的君子，举荐人时合乎礼仪，贬退人时也合乎礼仪；现在的君子，举荐人时像要把他放在膝上似的疼爱，贬退人时像要把他推落深渊似的仇视。我对于刘淮，不做挑起事端者，就已是很幸运的了，怎么可能再去恢复君臣情义呢？"武帝只好随他去了。

一七

齐王冏为大司马^①，辅政，嵇绍为侍中，诣冏咨事。冏设宰会^②，召葛旟、董艾等共论时宜^③。旟等白冏："嵇侍中善于丝竹，公可令操之。"遂送乐器，绍推却不受，冏曰："今日共为欢，卿何却邪？"绍曰："公协辅皇室，令作事可法。绍虽官卑，职备常伯^④，操丝比竹盖乐官之事，不可以先王法服为伶人之业^⑤。今逼高命^⑥，不敢苟辞，当释冠冕，袭私服^⑦，此绍之心也。"旟等不自得而退。

【注释】

①齐王冏（jiǒng）：字景治，齐王司马攸之子，袭封齐王。赵王司马伦篡位，冏起兵杀伦，拜大司马，执掌朝政。后为长沙王司马乂所杀。

②设宰会：设宴邀请僚属聚会。宰，指朝中官员。

③葛旟（yú）：字虚旟，司马冏的属官。董艾：字叔智，亦为司马冏属官。

④备：充当，充任。常伯：指皇帝近臣。

⑤法服：古代礼法规定的官服。

⑥高命：尊者的命令。

⑦袭：穿。

【译文】

齐王司马冏担任大司马，辅佐朝政，嵇绍担任侍中，到司马冏那里去请示公事。司马冏设宴邀请僚属来集会，召来葛旟、董艾等一起讨论时事。葛旟等对司马冏说："嵇侍中擅长演奏丝竹管弦乐器，主公可以让他弹奏一曲。"于是叫人送上乐器，嵇绍推辞不肯接受。司马冏说："今天大家同乐，您何必推辞呢？"嵇绍说："您协助辅佐皇室，所做的事应该值得效法。我虽然官职卑微，也算忝列皇帝的近臣。弹奏音乐，原本是乐官的事，我不能身穿先王的官服，来做伶人的事情。现在我迫于尊者的命令，不敢随便推辞，应当脱去官服，穿上便装，这就是我的想法。"葛旟等自觉无趣只好退席。

一九

羊忱性甚贞烈^①。赵王伦为相国^②，忱为太傅长史，乃版以参相国军事^③。使者卒至^④，忱深惧豫祸^⑤，不暇被马^⑥，于是帖骑而避^⑦。使者追之，忱善射，矢左右发，使者不敢进，遂得免。

【注释】

①羊忱：一名陶，字长和，泰山（今属山东）人。历官太傅长史、扬州刺史、侍中。

②赵王伦：赵王司马伦，字子彝，司马懿之子。晋武帝封其为赵王。惠帝永康初与梁王一起废贾后，自为相国，次年自立为帝，不久被杀。

③版：指书写于木版上之文书。时赵王伦专朝政，故
用版诏的形式授以官职。参相国军事：官名。相国
府属下的军事参谋，亦称参军。

④卒（cù）：后多作"猝"，忽然。

⑤豫祸：指受祸害牵累。豫，通"与"，牵涉。

⑥被马：给马加上鞍勒。

⑦帖骑：指骑上没有鞍勒之马，贴身在马背上。

【译文】

羊忱的性格非常正直刚烈。赵王司马伦做相国时，羊
忱担任太傅长史，于是下版诏授予羊忱参相国军事之职。
使者突然来了，羊忱深怕受祸害牵连，来不及给马加上鞍
勒，就骑上没有鞍勒的马逃避。使者追他，羊忱善于射箭，
就忽左忽右地放箭，使者不敢迫近，羊忱这才得以脱身。

二三

元皇帝既登阼，以郑后之宠①，欲舍明帝而立
简文②。时议者咸谓舍长立少，既于理非伦③，且明
帝以聪亮英断，益宜为储副④。周、王诸公并苦争
恳切⑤，唯刁玄亮独欲奉少主以阿帝旨⑥。元帝便欲
施行，虑诸公不奉诏，于是先唤周侯、丞相入，然
后欲出诏付刁。周、王既入，始至阶头，帝逆遣传
诏遏使就东厢⑦。周侯未悟，即却略下阶⑧；丞相披
拨传诏⑨，径至御床前，曰："不审陛下何以见臣？"
帝默然无言，乃探怀中黄纸诏裂掷之。由此皇储始
定。周侯方慨然愧叹曰："我常自言胜茂弘⑩，今始

知不如也！”

【注释】

①郑后：郑阿春，河南荥阳（今属河南）人。元帝纳
　　为琅邪夫人，得宠，生简文帝司马昱。孝武帝时追
　　尊为简文太后。

②明帝：司马绍，字道畿，晋元帝之子。少聪慧，工
　　于书法，勇猛善战。死后庙号肃宗，谥为明帝。

③非伦：不合伦常。

④益：更加。储副：储君，太子。

⑤周、王：周颛、王导。

⑥刁玄亮：刁协，字玄亮，渤海饶安（今属河北）人。
　　元帝心腹，任尚书令。阿帝旨：迎合元帝的心意。
　　阿，曲从，迎合。

⑦逆：预先。遏（è）：阻止。

⑧却略：倒退着走。

⑨披拨：用手拨开。

⑩茂弘：王导字茂弘。

【译文】

　　晋元帝登上帝位后，因为宠爱郑后，所以想废掉长
子司马绍改立司马昱。当时议论者都认为舍弃长子改立幼
子，既在道理上不合伦常，并且司马绍聪明果断，更适宜
立为太子。周颛、王导等诸位大臣，都竭力恳切地相争，
只有刁协一人想拥戴幼主，以迎合元帝的心意。元帝于是
想实施这个行动，又怕诸位大臣不肯接受诏令，就先叫周

颛、王导入朝，然后准备拿出诏书交给刁协。周颛、王导进来后，刚走到台阶前，元帝预先派遣传诏者阻止他们上殿，让他们先到东厢房去。周颛尚未醒悟过来，就倒退着下了台阶。王导则用手拨开传诏者，径直走到皇帝坐榻前说："不知道陛下为什么召见臣下？"元帝默然无言，就从怀里拿出黄色诏书来撕碎扔掉它。从此太子人选才确定下来。周颛这才感慨惭愧地叹道："我常自认为胜过王导，现在才知道不如他啊！"

三四

苏峻既至石头①，百僚奔散，唯侍中锺雅独在帝侧。或谓锺曰："见可而进，知难而退②，古之道也。君性亮直③，必不容于寇雠，何不用随时之宜，而坐待其弊邪④？"锺曰："国乱不能匡，君危不能济，而各逊遁以求免⑤，吾惧董狐将执简而进矣⑥。"

【注释】

①苏峻既至石头：指苏峻叛乱攻入京城。苏峻，字子高，长广掖县（今属山东）人。元帝时为鹰扬将军，以平王敦之功进冠军将军。后与祖约起兵攻入京城，专擅朝政，为温峤、陶侃等所败。

②见可而进，知难而退：语见《左传·宣公十二年》："见可而进，知难而退，军之善政也。"谓作战时要见机而动。

③亮直：诚实正直。

④弊：通"毙"，败亡。

⑤逊遁：退避。

⑥董狐：春秋时晋国的史官。晋卿赵盾因避灵公杀害
而出走，未出境，其族人赵穿杀灵公。董狐认为责
任在赵盾，故在史书上写："赵盾弑其君。"后为古
代良史的代称。

【译文】

苏峻的叛军到了石头城后，朝中百官都逃散了，只有
侍中锺雅一个人随侍在成帝身旁。有人对锺雅说："要见
可而进，知难而退，这是自古以来的道理。您生性诚实正
直，必定不能为仇敌宽容，何不随机应变，坐等叛军的败
亡呢？"锺雅说："国家混乱不能匡扶，君主危急不能救助，
却各自退避以求免祸，我怕董狐就要拿竹简前来记载了！"

四二

江仆射年少①，王丞相呼与共棋。王手尝不如
两道许②，而欲敌道戏③，试以观之。江不即下。王
曰："君何以不行？"江曰："恐不得尔。"傍有客曰：
"此年少戏乃不恶。"王徐举首曰："此年少，非唯
围棋见胜。"

【注释】

①江仆射：江虨（bīn），字思玄，陈留（今属河南）
人。博学知名，官至尚书左仆射、护军将军。

②手：指棋艺。道：指围棋的格子，一道格子一颗棋，

故以道称棋子。

③敌道戏：指下棋时双方对等，互不让子。

【译文】

江彪年轻时，丞相王导叫他一起下棋。王导的棋艺原本比江彪差两子左右，而这次他想与对方对等下棋，想试试结果怎么样。江彪没有立即下子。王导说："你为什么不走棋？"江彪说："恐怕不能这样。"旁边有位宾客说："这位年轻人的棋艺不错。"王导慢慢地抬头说："这位年轻人不只是以围棋见长而已。"

五一

刘真长、王仲祖共行①，日旰未食②。有相识小人贻其餐③，肴案甚盛④，真长辞焉。仲祖曰："聊以充虚⑤，何苦辞？"真长曰："小人都不可与作缘⑥。"

【注释】

①刘真长：刘惔。王仲祖：王濛。

②日旰（gàn）：天晚。

③小人：指人格低下者。

④肴（yáo）案：指菜肴。案，端饭菜用的木盘。

⑤充虚：充饥。

⑥作缘：指结交、交往。

【译文】

刘惔、王濛一同出行，到天晚了还没有吃饭。有个认识的小人送给他们饭食，菜肴很丰盛，刘惔推辞不吃。王濛说:"暂且用来充饥,何必推辞?"刘惔说:"小人全都不可以与他们打交道。"

五九

王子敬数岁时①,尝看诸门生樗蒲②,见有胜负,因曰:"南风不竞③。"门生辈轻其小儿,乃曰:"此郎亦管中窥豹,时见一斑。"子敬瞋目曰:"远惭荀奉倩④,近愧刘真长。"遂拂衣而去。

【注释】

①王子敬:王献之,字子敬,王羲之第七子,官至中书令。工书法,兼擅诸体,尤精行草,与父齐名,并称"二王"。

②门生:指依附于世家大族门下的寒士。樗(chū)蒲:古代的一种赌博游戏。

③南风不竞:语出《左传·襄公十八年》,谓师旷能从乐声中测出楚师士气不振,没有战斗力。喻指竞赛的一方力量不强。南风,南方的音乐。不竞,乐声低微。

④荀奉倩:荀粲,字奉倩,豫州颍川(今属河南)人,三国魏人。善言玄理,有名于时。

【译文】

王献之才几岁时,曾看门人们玩樗蒲赌博,见到有胜有负,就说:"南风不竞。"门人们轻视他是个小孩子,便说:"这位小郎也只是以管窥豹,有时看到一点斑纹罢了。"

王献之瞪大眼睛说："远一点的人我只比不上荀奉倩，近一点的人我只比不上刘真长！"说完就一甩袖子走了。

雅量第六

　　雅量，指为人具有宽广之胸怀、淡定之气度、优雅之涵养。古人讲求修身正己，《荀子·修身》："见善，修然必以自存也。见不善，愀然必以自省也。善在身，介然，必以自好也。不善在身也，菑然，必以自恶也。"修身、齐家、平天下，人的气度就是在这一过程中慢慢积累和形成。

　　本篇共有 42 则，广泛地反映了魏晋士人志存高远、淡泊宁静、宠辱不惊、虚怀若谷、视死如归的胸怀和气度。本书节选了其中 11 则。

一

豫章太守顾劭①，是雍之子②。劭在郡卒。雍盛集僚属自围棋。外启信至，而无儿书，虽神气不变，而心了其故，以爪掐掌，血流沾褥。宾客既散，方叹曰："已无延陵之高③，岂可有丧明之责④！"于是豁情散哀⑤，颜色自若。

【注释】

①顾劭：字孝则，吴郡吴县（今属江苏）人。官至豫章太守。

②雍：顾雍，字元叹，曾得到蔡邕的赞赏。孙权时历任会稽太守、尚书令，后任吴国丞相。

③延陵之高：指季札行事之高尚旷达。延陵，季札，又称公子札，春秋时吴国贵族，封于延陵（今江苏常州）。《礼记·檀弓下》，谓季札到齐国聘问，回程中，长子死，下葬于嬴、博之间，孔子前往参观葬礼。葬礼十分简单，季札哭了三遍，并说其长子回到土里是命，其精神则无所不在。孔子认为季札所为很合乎礼数。

④丧明之责：事见《礼记·檀弓上》，谓孔子的学生子夏哭子失明，曾子去慰问他。子夏说自己没有任何过错，曾子生气说他有三错：事奉夫子，老了退处西河，使西河人把他比为夫子；自己的长辈死了，老百姓也没有听到他有什么特别的表现；死了儿子就哭瞎了眼睛。子夏听了，立即丢掉手杖谢罪。

⑤豁：消散，消除。

【译文】

豫章太守顾劭是顾雍的儿子。顾劭死于郡守的任上。顾雍正大请同僚部属聚会，自己在下围棋。外面禀报信使来了，却没有儿子的信，顾雍虽然神色不变，但心里已明白其中的原因了，他用指甲掐自己的手掌，掐得血流到了坐垫上。等到宾客都散去后，他才叹息道："我已经没有季札那样的高尚旷达了，难道可以再受子夏失明那样的责备吗？"于是排除悲痛和哀伤的心情，神色变得坦然自如。

二

嵇中散临刑东市①，神色不变，索琴弹之，奏《广陵散》②。曲终，曰："袁孝尼尝请学此散③，吾靳固不与④，《广陵散》于今绝矣！"太学生三千人上书，请以为师，不许。文王亦寻悔焉。

【注释】

①嵇中散：嵇康。嵇康曾官中散大夫，故称。东市：汉代长安行刑之场所，后即专指刑场。

②《广陵散》：琴曲名，又称《广陵止息》，嵇康以善弹此曲著称。

③袁孝尼：袁准。

④靳（jìn）固：吝惜固执。

【译文】

嵇康将在东市被执行死刑，神色不变。他要来琴，弹了一曲《广陵散》。弹完后说："袁准曾经请求跟我学奏此曲，当时我舍不得，便坚持拒绝了，《广陵散》从此要绝响了！"太学生三千人向朝廷上书，请求拜嵇康为师，不被准许。不久司马昭也感到后悔了。

四

王戎七岁，尝与诸小儿游。看道边李树，多子折枝，诸儿竞走取之，唯戎不动。人问之，答曰："树在道边而多子，此必苦李。"取之信然。

【译文】

王戎七岁的时候，曾经与很多小孩子游玩。他们看到路边的李树上长满了李子，把树枝都要压弯了。孩子们都抢着跑过去摘李子，只有王戎一个人站着不动。有人问他，他答道："李树在路边却有这么多李子，说明这必定是苦李。"摘下李子来尝，果真是这样。

八

王夷甫尝属族人事①，经时未行②。遇于一处饮燕③，因语之曰："近属尊事，那得不行？"族人大怒，便举樏掷其面④。夷甫都无言，盥洗毕，牵王丞相臂，与共载去。在车中照镜，语丞相曰："汝看我眼光，乃出牛背上⑤。"

【注释】

①王夷甫：王衍，字夷甫，琅邪临沂（今属山东）人。善谈老庄，倡导玄学，在当时影响很大。他终日清谈，不问政务，在他的倡导下，浮诞之风日盛。后官至太尉。在与石勒作战中被杀。属（zhǔ）：嘱咐。

②经时：多时。

③燕：通"宴"。

④樏（lěi）：食盒，有底有隔。

⑤出牛背上：牛背为着鞭处，眼光出于牛背，意指不计较挨打受辱这类小事。

【译文】

王衍曾经嘱托族人办事，过了好久也没有办。后来在一处宴会上喝酒时相遇，就对那位族人说："前些日子托付您办事，怎么没有办啊？"族人听了大怒，便拿起食盒来扔到他的脸上。王衍一言不发，盥洗干净后，拉着丞相王导的手臂，和他一起坐车离去。在车子里王衍照着镜子对王导说："你看我的眼光，竟超出牛背之上。"

九

裴遐在周馥所①，馥设主人②。遐与人围棋，馥司马行酒，遐正戏，不时为饮③，司马恚④，因曳遐坠地。遐还坐，举止如常，颜色不变，复戏如故。王夷甫问遐："当时何得颜色不异？"答曰："直是暗当故耳⑤！"

【注释】

①裴遐：字叔道，河东闻喜（今属山西）人。善言玄理，东海王司马越引为主簿。周馥：字祖宣，汝南（今属河南）人。惠帝时为平东将军，都督扬州诸军事，封永宁伯。

②设主人：准备酒肴当东道主。

③时：按时，及时。

④恚（huì）：恨，怒。

⑤直：只不过。暗：愚昧。

【译文】

裴遐在周馥家中，周馥设宴当东道主。裴遐与人下围棋，周馥的司马依次给客人斟酒劝饮。裴遐正忙于下棋，没有及时喝酒。这位司马很恼怒，便把裴遐拉倒在地。裴遐回到座位上，举动如常，神色不变，还是像原先一样下棋。王衍问裴遐："你当时怎么能做到神色一点儿也不变呢？"裴遐答道："他只是愚昧无知才会如此罢了。"

一〇

刘庆孙在太傅府①，于时人士多为所构，唯庾子嵩纵心事外②，无迹可间③。后以其性俭家富，说太傅令换千万④，冀其有吝，于此可乘。太傅于众坐中问庾，庾时颓然已醉，帻堕几上⑤，以头就穿取。徐答云："下官家故可有两娑千万⑥，随公所取。"于是乃服。后有人向庾道此，庾曰："可谓以小人之虑，度君子之心。"

【注释】

①刘庆孙：刘玙，一作刘舆，字庆孙，中山魏昌（今属河北）人。刘琨之兄，两人齐名。历官散骑侍郎、中书侍郎、颍川太守、魏郡太守等。太傅：东海王司马越。

②庾子嵩：庾敳。敳字子嵩，颍川鄢陵（今属河南）人，雅有远韵，为王衍所推重。石勒之乱，与王衍一起被害。

③间：离间。

④说（shuì）：劝说。换：换借，借取。

⑤帻（zé）：包头巾。

⑥两娑千万：犹言两三千万。娑，字义未详，或言即古吴语的"三"。

【译文】

刘玙在太傅府上任职，当时有很多人士被他设计陷害，只有庾敳一人放纵心意在世事之外，所以没有什么空子可以利用。后来刘玙因为庾敳生性俭省而家里又很富有，就劝说太傅向庾敳借钱一千万，希望他吝啬不借，由此找到可乘之机。太傅于众人在座时问庾敳，庾敳当时已经喝得酩酊大醉，头巾掉在几案上，便用头凑上去戴，缓缓地回答说："我家里原有个两三千万，随便您拿去就是。"这时刘玙才真的服了。后来有人向庾敳说到这件事，庾敳说："这就是所谓以小人之心，度君子之腹。"

一八

　　褚公于章安令迁太尉记室参军①，名字已显而位微，人未多识。公东出，乘估客船②，送故吏数人，投钱唐亭住③。尔时，吴兴沈充为县令④，当送客过浙江，客出⑤，亭吏驱公移牛屋下。潮水至，沈令起彷徨，问："牛屋下是何物人⑥？"吏云："昨有一伧父来寄亭中⑦，有尊贵客，权移之。"令有酒色，因遥问："伧父欲食饼不⑧？姓何等？可共语。"褚因举手答曰："河南褚季野。"远近久承公名，令于是大遽，不敢移公，便于牛屋下修刺诣公⑨，更宰杀为馔具，于公前鞭挞亭吏，欲以谢惭。公与之酌宴，言色无异，状如不觉。令送公至界。

【注释】

①褚公：褚裒，字季野。

②估客：商贩。

③钱唐：钱塘，旧县名。治在今浙江杭州西。亭：驿亭。

④吴兴：郡名。治在今浙江湖州。沈充：事迹不详。

⑤出：来到。

⑥何物：轻蔑语，哪一个，什么人。

⑦伧（cāng）父：鄙贱之人，南人对北人的蔑称。

⑧饼（bǐng）：同"饼"。

⑨修刺：写好名帖。刺，名帖，名片。

【译文】

褚裒由章安县令升为太尉的记室参军，他的名声已很大但官位还低，人们大多不认识他。当时他向东出发，乘的是商贩船，送行的几位属吏与他一起投宿在钱塘驿亭。这时候吴兴人沈充担任县令，正值他送客过钱塘江，客人到了，亭吏就把褚裒赶出来移到牛屋里住。夜里潮水涌来，县令起床徘徊，问："牛屋里是什么人？"亭吏说："昨天有一个北方佬来亭中寄宿，因有尊贵的客人来了，暂时把他移到牛屋里。"县令有了几分醉意，便远远地问："北方佬要吃饼吗？姓什么？可以过来一起说说话。"褚裒就举手答道："河南褚季野。"远近的人久闻褚裒的大名，县令这时大为惊慌，不敢劳驾褚裒移步，便在牛屋下写好名帖去拜见褚裒，并且宰杀禽畜重新置办酒食，在褚裒面前鞭打亭吏，想借此表示惭愧之意。褚裒和他一起喝酒吃饭，言谈神色没有什么异样，仿佛毫无察觉似的。沈充后来把褚裒一直送到了县界。

一九

郗太傅在京口①，遣门生与王丞相书，求女婿。丞相语郗信②："君往东厢，任意选之。"门生归白郗曰："王家诸郎亦皆可嘉，闻来觅婿，咸自矜持③。唯有一郎在东床上袒腹卧，如不闻。"郗公云："正此好！"访之，乃是逸少④，因嫁女与焉。

【注释】

①郗太傅：郗鉴。鉴字道徽，高平金乡（今属山东）人，仕晋历惠、元、明、成数朝。曾着力防抑王敦。祖约、苏峻之乱，他登坛流涕，誓师勤王。事平，进太尉，封南昌县公。京口：古城名。故址在今江苏镇江。

②信：信使。

③矜持：指拘谨，做出端庄严肃的样子。

④逸少：王羲之字逸少，为王导之堂侄。

【译文】

郗鉴在京口时，派门生送信给王导，想在王家子侄中找一位女婿。王导对郗鉴的信使说："你到东厢房去，任意挑选一位。"这位门生回去向郗鉴报告说："王家诸位郎君都值得称道，他们听说来挑女婿，都显得很庄重拘谨。只有一位郎君，在东面的坐榻上袒胸露腹地躺着，好像什么都没听见。"郗鉴说："恰恰是这一位好！"再去打听，原来是王羲之，于是郗鉴就把女儿嫁给他了。

二八

谢太傅盘桓东山时①，与孙兴公诸人泛海戏②。风起浪涌，孙、王诸人色并遽③，便唱使还④。太傅神情方王⑤，吟啸不言。舟人以公貌闲意说，犹去不止。既风转急，浪猛，诸人皆喧动不坐。公徐曰："如此将无归？"众人即承响而回⑥。于是审其量，足以镇安朝野。

【注释】

①谢太傅：谢安。

②孙兴公：孙绰。

③孙、王：孙绰、王羲之。遽：惊惧。

④唱：高呼。

⑤王（wàng）：通"旺"，指精神旺、兴致高。

⑥承响：应声。

【译文】

　　谢安隐居在东山时，与孙绰等人乘船到海上游玩。海面上风起浪涌，孙绰、王羲之等人的神色全都惊惧不已，就高呼让船开回去。谢安却兴致正高，吟诗啸呼，不予回答。船夫因为谢安面色闲静，意态愉悦，就仍然向前行驶。转瞬间风势更急，浪头更猛，船上人都大喊大叫坐不住了。谢安平静地说："这样的话是不是就回去呢？"大家即刻应声安定下来回去了。从这件事可知谢安的气量，足以震慑安定朝野上下。

三五

　　谢公与人围棋，俄而谢玄淮上信至①，看书竟，默然无言，徐向局②。客问淮上利害③，答曰："小儿辈大破贼④。"意色举止，不异于常。

【注释】

①谢玄：字幼度，小字遏，谢安之侄。淝水之战中与谢石等大破苻坚军，并收复徐、兖、青、豫诸州，

以功封康乐县公。死后追赠军骑将军。

②局：棋局。

③利害：指胜负。

④小儿辈：谢安被任为征讨大都督，他派遣弟谢石、
侄谢玄、子谢琰率军北上拒敌，诸谢多为其子侄，
故称。

【译文】

谢安和人下围棋，不一会儿谢玄从淮河前线派来的信
使到了。谢安看完来信后，默默地不说话，缓缓地转向棋
局。客人问他淮上胜负消息，谢安答道："小孩子们大破贼
军。"说话时的神态举动，与平常时候没有一点不同。

三九

王东亭为桓宣武主簿①，既承藉②，有美誉，公
甚敬其人地③，为一府之望。初见谢失仪④，而神色
自若，坐上宾客即相贬笑，公曰："不然。观其情
貌，必自不凡，吾当试之。"后因月朝阁下伏⑤，公
于内走马直出突之，左右皆宕仆⑥，而王不动。名
价于是大重⑦，咸云"是公辅器也"⑧。

【注释】

①王东亭：王珣，王导的孙子。桓宣武：桓温。

②承藉：继承前辈事业并以为凭借。王珣是名门望族
之后，故称。

③人地：人才与门第。

④见谢：指进见桓温答谢时。失仪：失礼。

⑤月朝：指下属每月初一按例朝见长官。

⑥宕（dàng）仆：摇摇晃晃向前跌倒。

⑦名价：名声。

⑧公辅：三公、丞相。

【译文】

王珣担任桓温的主簿，他凭借祖上的名位，已经拥有很好的名声，桓温对他的才学与门第非常敬重，他也成为整个大司马府上众望所归的人物。王珣初见桓温时有失答谢礼仪，但他神色坦然自如。座上的宾客随即贬抑嘲笑他。桓温说："并非如此。看他的神态面貌，必定不是寻常之人。我要试试他。"后来趁着初一属吏朝见拜伏在官署阁下之时，桓温从官署内骑马直冲出来，左右其他人都惊慌失措跌倒在地，而王珣则不为所动。于是他的名声得到很大的提高，人们都说："他是具有三公丞相才干的人才。"

识鉴第七

　　识鉴，指对人或事物的认识和鉴别。

　　本篇共有 28 则，主要集中于对人物的品评和识鉴，展现了魏晋士人审时度势、见微知著的洞察力和决断力。本书节选了其中 9 则。

一

　　曹公少时见乔玄①，玄谓曰："天下方乱，群雄虎争，拨而理之，非君乎？然君实是乱世之英雄，治世之奸贼。恨吾老矣，不见君富贵，当以子孙相累②。"

【注释】

①曹公：曹操。乔玄：字公祖，东汉梁国睢阳（今属河南）人，官至尚书令。

②累：劳累，麻烦。意为托付。

【译文】

　　曹操年轻时去见乔玄，乔玄对他说："天下正在动荡不安，各路英雄如虎相争，整顿治理天下，不就是您吗？但是您实在是乱世的英雄，治世的奸贼。遗憾的是我已老了，看不到您富贵发达了，只有把子孙交给您照顾了。"

二

　　曹公问裴潜曰①："卿昔与刘备共在荆州②，卿以备才如何？"潜曰："使居中国③，能乱人，不能为治；若乘边守险，足为一方之主。"

【注释】

①裴潜：字文行，河东闻喜（今属山西）人。曹操定荆州，以裴潜参丞相军事。此后历任兖州刺史、散骑常侍、荆州刺史、尚书令。

②刘备：字玄德，涿郡涿县（今属河北）人。三国时
　蜀汉的建立者。

③中国：指中原地区。

【译文】

　　曹操问裴潜道："您当初与刘备都在荆州，您认为刘备
的才能怎么样？"裴潜说："如果让他占有中原地区，会把
人心搅乱，不能治理天下；如果让他驻守边境扼守险要，
那么他就能成为一方的霸主。"

三

　　何晏、邓飏、夏侯玄并求傅嘏交①，而嘏终不
许。诸人乃因荀粲说合之，谓嘏曰："夏侯太初一时
之杰士，虚心于子，而卿意怀不可交。合则好成，
不合则致隙。二贤若穆②，则国之休③。此蔺相如所
以下廉颇也。"傅曰："夏侯太初志大心劳④，能合
虚誉，诚所谓利口覆国之人⑤。何晏、邓飏有为而
躁，博而寡要⑥，外好利而内无关籥⑦，贵同恶异，
多言而妒前⑧。多言多衅，妒前无亲。以吾观之，
此三贤者皆败德之人尔，远之犹恐罹祸，况可亲之
邪？"后皆如其言。

【注释】

①何晏：字平叔，南阳宛（今属河南）人。累官尚书，
　主选举。后因依附曹爽，被司马懿所杀。邓飏：字
　玄茂，南阳宛（今属河南）人。明帝时官颍川太

守、侍中、尚书。夏侯玄：字太初，谯县（今属安徽）人。为早期玄学领袖。曾任魏征西将军，都督雍、凉州诸军事。中书令李丰等拟谋杀司马师，而以夏侯玄取代，夺取司马氏权力，事泄被杀。傅嘏（gǔ）：字兰硕，北地泥阳（今属陕西）人。历官尚书郎、黄门侍郎、河南尹、尚书。

②穆：和睦。

③休：美善，福禄。

④心劳：指思虑过多，费尽心思。

⑤利口覆国：指巧言令色会导致国家败亡。

⑥寡要：不得要领。

⑦关籥（yuè）：关门之锁，引申为检点、约束。

⑧妒前：忌妒胜过自己的人。

【译文】

何晏、邓飏、夏侯玄都希望与傅嘏结交，而傅嘏始终不答应。几个人就通过荀粲来撮合，荀粲对傅嘏说："夏侯太初是当代杰出之士，他对您一心向往，而您心中却不愿意和他交往。互相交好能成大事，不能交好就会造成隔阂，两位贤者如能和睦相处，就是国家之福。这也就是蔺相如为什么避让廉颇的原因。"傅嘏说："夏侯太初志向远大费尽心思，能够聚集虚名于一身，真是古人说的能言巧辩足以导致国家败亡的人。何晏、邓飏有作为却很浮躁，学识虽广博却不得要领，对外爱好钱财而内心却毫不检点，看重意见相同的人而厌恶意见不同者，喜欢虚谈而妒忌超过自己的人。言多必失，招来嫌隙，妒忌超过自己的人必定无人亲近。照我看来，这三位所谓的贤者都是败坏道德的人。即便疏远他们还怕会遭到连累，何况去亲近他们呢？"后来他们三人的结局都与傅嘏说的一样。

四

晋武帝讲武于宣武场①。帝欲偃武修文②，亲自临幸，悉召群臣。山公谓不宜尔③。因与诸尚书言孙、吴用兵本意，遂究论，举坐无不咨嗟④，皆曰："山少傅乃天下名言⑤。"后诸王骄汏⑥，轻遘祸难⑦，于是寇盗处处蚁合⑧，郡国多以无备，不能制服，遂渐炽盛。皆如公言。时人以谓"山涛不学孙、吴，而暗与之理会"。王夷甫亦叹云⑨："公暗与道合。"

【注释】

①宣武场：操练场，在洛阳宣武观北。

②偃（yǎn）武修文：止息武备，振兴文教。

③山公：山涛。

④咨嗟：赞叹。

⑤山少傅：山涛曾为太子少傅，故称。

⑥骄汏（tài）：过分骄纵。汏，过分。

⑦轻遘（gòu）祸难：晋武帝偃武修文的初衷虽好，但他即位后大封宗室为王，诸王各有封地，各擅重兵，在他死后即开始争权夺利，酿成连年的战乱，史称"八王之乱"。遘，通"构"，构成。

⑧蚁合：像蚂蚁般地聚合，形容极多。

⑨王夷甫：王衍。

【译文】

晋武帝在宣武场上讲论武事。他想停息武备，振兴文教，故亲自莅临，把群臣全都召集起来。山涛认为不适宜这么做，便与各位尚书谈论孙武、吴起用兵的本意，于是加以推究论述，满座的人听后没有不赞叹的，说："山涛所说是天下的至理名言。"后来分封到各地的诸侯过于骄纵，轻易地酿成祸乱灾难，于是盗贼四处蜂起，各地郡县封国多数因为没有武备，不能予以制服，叛乱势力于是逐渐强大起来。一切都像山涛所说的那样。当时人认为"山涛虽然不学孙子、吴起的兵法，但他的见解却与孙、吴兵法相吻合"。王衍也感叹道："山公的看法与大道暗合。"

一〇

张季鹰辟齐王东曹掾①，在洛，见秋风起，因思吴中菰菜羹、鲈鱼脍②，曰："人生贵得适意尔③，何能羁宦数千里以要名爵④？"遂命驾便归。俄而齐王败，时人皆谓为见机⑤。

【注释】

①张季鹰：张翰，字季鹰，吴郡（今属江苏）人。齐王冏时为大司马东曹掾。博学善为文，存诗六首，集已佚。辟（bì）：征召。齐王：司马冏。东曹掾（yuàn）：东曹的属官。曹，官署中分科办事的机构。

②吴中：吴地，苏州。菰（gū）菜：茭白，生长于长江以南的低洼地，可作蔬菜食用。鲈鱼脍（kuài）：鲈鱼切片或切碎做的菜。

③尔：罢了，而已。

④羁宦：在异乡做官。要（yāo）：求。

⑤见机：在事前即已察知其结果。

【译文】

张翰被任命为齐王的东曹掾，在洛阳，看到秋风吹起，因而思念家乡吴地的茭白羹和鲈鱼脍，说："人生可贵的是使自己可以随心所欲，怎能为了求得名位而在数千里外做官呢？"于是他就命人驾车回乡。不久齐王兵败被杀，当时人都说他有先见之明。

一五

王大将军既亡①，王应欲投世儒②，世儒为江州；王含欲投王舒③，舒为荆州。含语应曰："大将军平素与江州云何，而汝欲归之？"应曰："此乃所以宜往也。江州当人强盛时，能抗同异④，此非常人所行。及睹衰厄，必兴愍恻⑤。荆州守文⑥，岂能作意表行事！"含不从，遂共投舒，舒果沉含父子于江。彬闻应当来，密具船以待之，竟不得来，深以为恨。

【注释】

①王大将军：王敦，字处仲，琅邪临沂（今属山东）

人。王导族兄。与王导一同拥戴司马睿建立东晋王朝，迁大将军、荆州牧。因元帝信任刘隗、刁协，于永昌元年（322）起兵攻入建康，杀刁协、周颛等人，自任丞相，回屯武昌。后二年，明帝乘其病危下诏讨伐，他遂再次进兵建康，终死于军中。

②王应：字安期，王敦兄王含之子，因敦无子养为嗣子，以其为武卫将军，后被诛。世儒：王彬，王敦的堂弟，官至江州刺史、左仆射。

③王含：字处弘，王敦之兄，官至光禄勋。王舒：字处明，王敦堂弟。后讨苏峻有功，封彭泽侯。

④抗：抗论，直言不阿。

⑤愍恻：哀怜，恻隐。

⑥守文：遵守成法。

【译文】

王敦病死之后，王应想投奔王彬，王彬当时担任江州刺史。王含想投奔王舒，王舒当时担任荆州刺史。王含对王应说："大将军一向与江州关系怎么样，而你却想归附于他？"王应说："这正是应当去的原因。江州正当人家强盛的时候，能直言不讳地提出不同意见，这不是一般常人所能做到的。等看见人家衰败困厄时，必定生出恻隐之心。荆州遵守成法，怎么能做出意料之外的事情呢？"王含不听他的话，于是一起投奔王舒，王舒果然把王含父子沉于长江。王彬听说王应要来，就秘密地准备船只等待他们，最后却没能来，他为此深感遗憾。

二〇

桓公将伐蜀^①，在事诸贤，咸以李势在蜀既久^②，承藉累叶^③，且形据上流，三峡未易可克。唯刘尹云^④："伊必能克蜀。观其蒲博^⑤，不必得则不为。"

【注释】

①桓公：桓温。蜀：指成汉，十六国之一，氐族人李雄所建，都成都。

②李势：字子仁，成汉的国君。

③累叶：累世，不止一代。叶，世代。自李雄之父李特起兵至李势前后共六世。

④刘尹：刘惔。

⑤蒲博：即樗（chū）蒲，古代的一种赌博游戏。

【译文】

桓温准备攻打成汉，朝廷的大臣们都认为李势在蜀地经营很久了，凭借祖宗几代的基业，而且地形上占据着长江上游，三峡地区不能轻易攻克。只有刘惔说："他必定能攻克蜀地。看他赌博就知道，不是必胜的就不去做。"

二一

郗超与谢玄不善^①。苻坚将问晋鼎，既已狼噬梁、岐^②，又虎视淮阴矣^③。于时朝议遣玄北讨，人间颇有异同之论。唯超曰："是必济事^④。吾昔尝与共在桓宣武府^⑤，见使才皆尽，虽履屐之间^⑥，亦得其任。以此推之，容必能立勋⑦。"元功既举⑧，时人咸叹超之先觉，又重其不以爱憎匿善。

【注释】

①郗超：字景兴，一字嘉宾，高平金乡（今属山东）人，曾为大司马桓温谋主，权重一时。

②苻坚：字永固，略阳临渭（今属甘肃）氐族人，是十六国时前秦第三代君主，在位期间任用王猛等汉族官吏，推行教化，励精图治，统一了北方。后来野心膨胀，在条件不成熟的情况下贸然伐晋，兵败淝水。此后前秦元气大伤，北方重又分裂。梁：梁州，治所在今陕西汉中。岐：岐山，今陕西岐山东北。

③淮阴：指淮河以南地区。

④济事：成功。

⑤桓宣武府：桓温的幕府。

⑥履屐：泛指鞋子。这里喻指小事。

⑦容：也许，或许。

⑧元功：大功。此指谢玄在淝水之战中的战功。

【译文】

郗超与谢玄关系不好。苻坚准备攻打东晋，他已经像狼似的吞并了梁、岐一带，又虎视眈眈地想攫取淮阴地区。这时朝廷决定派遣谢玄领军北伐，人们对此颇有不同看法。只有郗超说："他必定能成功。我过去曾经与他一起在桓温的幕府共事，看他用人时都能人尽其才，即使遇到极细小的事，也都能处理得当。由此推断，他必定能建立功勋。"

大功告成后，当时人都赞叹郗超的先见之明，又敬重他不以自己的好恶来掩盖他人的长处。

二八

王忱死，西镇未定①，朝贵人人有望。时殷仲堪在门下②，虽居机要，资名轻小，人情未以方岳相许③。晋孝武欲拔亲近腹心④，遂以殷为荆州。事定，诏未出。王珣问殷曰："陕西何故未有处分⑤？"殷曰："已有人。"王历问公卿，咸云："非。"王自计才地⑥，必应任己。复问："非我邪？"殷曰："亦似非。"其夜，诏出用殷。王语所亲曰："岂有黄门郎而受如此任！仲堪此举，乃是国之亡征。"

【注释】

①王忱：字远达，小字佛大，晋平北将军王坦之子，有名于时。官至荆州刺史、建武将军。西镇：荆州为西部重镇，故称。

②门下：门下省，皇帝的顾问机构。

③方岳：专任一方的重臣。

④晋孝武：名司马曜，字昌明，简文帝子。在位期间任用谢安、桓冲等，太元八年（383），在淝水打败苻坚，晋朝号称中兴。后任用司马道子，沉溺酒色，国力渐弱。

⑤陕西：东晋时荆州治所在江陵，在建康西，也称西州或陕西。

⑥才地：才能与门第。

【译文】

王忱死后，荆州刺史的人选尚未确定，朝中大臣人人都有染指的想法。当时殷仲堪在门下省任职，虽然位居机密要务，但是他资历浅名望低，人们都不认为他能担任一方长官的要职。晋孝武帝想提拔自己的心腹，便用殷仲堪担任荆州刺史。事情确定后，诏书尚未发出。王珣问殷仲堪："荆州的事为什么没有处置？"殷仲堪说："已经有人选了。"王珣一个个地举出公卿的名字来问，殷仲堪都说"不是"。王珣自己估计无论才能与门第，必定应当是自己。便再问："莫非是我吗？"殷仲堪说："也不是。"这天晚上，诏书发出任用的是殷仲堪。王珣告诉亲信说："哪有黄门侍郎能得到如此重任？任命殷仲堪的举动，是亡国的征兆。"

赏誉第八

　　赏誉，指对人物的鉴赏和赞誉。赏誉与识鉴有着紧密的联系，从某种角度说，赏誉也是对人物识鉴的标准。

　　本篇共有156则，反映了魏晋士人重精神、重气度、重才智、重悟性的鉴人角度，描绘了名流大家们高蹈玄远的风骨。本书节选了其中5则。

一七

王汝南既除所生服①，遂停墓所。兄子济每来拜墓②，略不过叔，叔亦不候。济脱时过，止寒温而已。后聊试问近事，答对甚有音辞③，出济意外，济极惋愕。仍与语，转造精微。济先略无子侄之敬，既闻其言，不觉懔然④，心形俱肃⑤。遂留共语，弥日累夜。济虽俊爽，自视缺然⑥，乃喟然叹曰："家有名士，三十年而不知！"济去，叔送至门。济从骑有一马，绝难乘，少能骑者。济聊问叔："好骑乘不？"曰："亦好尔。"济又使骑难乘马。叔姿形既妙，回策如萦，名骑无以过之。济益叹其难测，非复一事。既还，浑问济⑦："何以暂行累日？"济曰："始得一叔。"浑问其故，济具叹述如此。浑曰："何如我？"济曰："济以上人。"武帝每见济，辄以湛调之，曰："卿家痴叔死未？"济常无以答。既而得叔后，武帝又问如前。济曰："臣叔不痴。"称其实美。帝曰："谁比？"济曰："山涛以下，魏舒以上⑧。"于是显名，年二十八始宦。

【注释】

①王汝南：王湛，字处冲，太原晋阳（今属山西）人。历官尚书郎、太子中庶子，出为汝南内史，故称。

除所生服：脱去为父母守丧期间所穿的孝服。

②济：王济。

③甚有音辞：指言辞很有意味。

④懔（lǐn）然：肃然起敬的样子。

⑤心形：内心与外表。

⑥缺然：有所欠缺的样子。

⑦浑：王浑，字玄冲，王济之父，王湛之兄，伐吴有功，进爵为公。拜尚书左仆射，迁司徒。

⑧魏舒：字阳元，任城樊（今属山东）人。年轻时迟钝质朴，不为乡里所重，年四十余始自课学业，对策高第。后屡迁，封剧阳子，晋武帝时官至司徒。

【译文】

王湛脱去丧服后，就留住在墓旁。他兄长的儿子王济每次来墓地祭拜，都不来探望叔叔，叔叔也不去问候他。王济偶尔来探望一次，也只是寒暄几句而已。后来王济姑且试问近来发生的事，王湛答对的言辞很有意味，出乎王济意料之外，王济极为惊讶。接着继续谈论，逐渐进入精细微妙之境。王济先前完全没有子侄对长辈的敬意，听了王湛的谈论后，不觉肃然起敬，从内心到外表都严肃起来。于是便留下来同王湛一起谈论，夜以继日。王济虽然才高俊迈性格爽朗，但比起王湛来也自觉有所欠缺，便喟然长叹道："我们家里就有名士，却三十年来都不知道！"王济告辞离去时，叔叔送他到门口。王济随从中有一匹马，极难驾驭，很少有人能骑它。王济姑且问叔叔："喜欢骑马吗？"王湛说："也喜欢骑的。"王济便让他骑这匹难骑的马。叔叔不仅骑马的姿态绝妙，挥起马鞭来盘旋萦回，就是著名的骑手也不能超过他。王济更加感叹他高深莫测，不只一件事情如此。王济回家后，王浑问他："怎么一下子出去了好几天？”王济说：“我刚才得到了一位叔叔。”王浑问其中的原因，王济便原原本本讲了情况。王浑说：“与我比怎么样？”王济说：“是在我以上的人。”过去晋武帝每次见到王济，总拿王湛来取笑他说：“你家的呆叔叔死了没有？”王济常常无言答对。了解了叔叔以后，武帝又像以前那样问他。王济说：“臣下的叔叔不呆。”他称赞叔叔确实很优秀。武帝说：“可以与谁比较？”王济说：“在山涛以下，魏舒以上。”王湛从此名声远扬，二十八岁时开始出山做官。

五一

王敦为大将军，镇豫章①，卫玠避乱②，从洛投敦。相见欣然，谈话弥日。于时谢鲲为长史③，敦谓鲲曰：“不意永嘉之中，复闻正始之音。阿平若在④，当复绝倒⑤。”

【注释】

①豫章：治所在今江西南昌。

②避乱：指西晋末的战乱。

③谢鲲：字幼舆，好《老》《易》，能歌善鼓琴。为王敦长史，以功封侯。后为豫章太守，死赠太常。

④阿平：王澄，字平子，王衍弟，官从事中郎、荆州刺史。

⑤绝倒：因佩服而倾倒。

【译文】

王敦担任大将军时，镇守在豫章。卫玠为躲避战乱，从洛阳投奔王敦。两人见面后很高兴，谈了一整天的话。这时谢鲲在王敦幕府任长史，王敦对谢鲲说："想不到在永嘉年间，又能听到玄言清谈的正始之音。阿平如果在座，必定又要为之倾倒了。"

六二

王蓝田为人晚成^①，时人乃谓之痴。王丞相以其东海子^②，辟为掾。常集聚，王公每发言，众人竞赞之。述于末坐曰："主非尧、舜^③，何得事事皆是？"丞相甚相叹赏。

【注释】

①王蓝田：王述。晚成：年龄比较大了才有成就。

②东海：王述父王承曾任东海太守，故称。

③主：主人，对长官的尊称，指王导。

【译文】

王述为人大器晚成，当时人甚至认为他是呆子。王导因为他是东海太守的儿子，征召他为属官。大家曾经聚集在一起，王导每次发言，大家都竞相赞美他。坐在末座的王述说："主公不是尧、舜，怎么可能事事都是对的呢？"王导对他的话非常赞赏。

一一四

初，法汰北来^①，未知名，王领军供养之^②。每与周旋行来^③，往名胜许^④，辄与俱。不得汰，便停车不行。因此名遂重。

【注释】

①法汰：竺法汰，东晋高僧，东莞（今属山东）人。

②王领军：王洽，字敬和，王导第三子，东晋著名书法家。历官吴郡内史、中领军。

③周旋：应酬，往来。行来：往来，交往。

④名胜：有名望的人，名流。

【译文】

当初，竺法汰从北方来，没有什么名气，王洽供养他。王洽常常与他应酬交往，到名流处去，总要带他一起去。法汰不能去，王洽就停下车来不走。因此法汰的名望就开始高了。

一四七

谢公领中书监^①，王东亭有事^②，应同上省^③。王后至，坐促^④，王、谢虽不通^⑤，太傅犹敛膝容之。王神意闲畅，谢公倾目^⑥。还谓刘夫人曰^⑦："向见阿瓜^⑧，故自未易有^⑨，虽不相关，正自使人不能已已^⑩。"

【注释】

①谢公：谢安。领：兼任。中书监：官名。中书省长官，掌机要。

②王东亭：王珣。

③上省：赴中书省。

④坐促：指座位窄小，不宽。

⑤不通：指不交往、不通问。

⑥倾目：注目。

⑦刘夫人：谢安夫人刘氏，刘惔之妹。

⑧阿瓜：王珣的另一个小字。

⑨故自：确实。

⑩正自：只是。已：止。已：句末语气词。

【译文】

谢安兼任中书监，王珣有事，照例应当与谢安一同去中书省。王珣后到，座位窄小拥挤，王、谢两家虽然互不通问，谢安还是收拢双膝容纳王珣同坐。王珣神态闲适舒畅，谢安注目看他。回到家谢安对刘夫人说："刚才见到阿瓜，确实是难得的人才，我们之间虽然没有婚姻关系了，真是让人不能割舍啊。"

品藻第九

　　品藻，品评人物、鉴别流品。《赏誉》品评的是单个人物，而《品藻》则重在月旦人物。月旦人物的风气出现在东汉，《后汉书·许劭传》："初，劭与靖俱有高名，好共核论乡党人物，每月辄更其品题，故汝南俗有'月旦评'焉。"此风一直延续到魏晋时期。把两个或两个以上的人物放在一起，进行对比，论其长短，较其高下，鉴别其流品，成为魏晋时期品评人物的一种主要方式。

　　本篇共有88则，本书节选了其中6则。

二

庞士元至吴，吴人并友之，见陆绩、顾劭、全琮①，而为之目曰："陆子所谓驽马有逸足之用②，顾子所谓驽牛可以负重致远。"或问："如所目，陆为胜邪？"曰："驽马虽精速，能致一人耳。驽牛一日行百里，所致岂一人哉？"吴人无以难。"全子好声名，似汝南樊子昭③。"

【注释】

①陆绩：字公纪，吴郡吴县（今属江苏）人。仕吴，官至郁林太守，通天文、历算。全琮：字子黄，吴郡钱塘（今属浙江）人。官至大司马、左军师。

②驽马：劣马。逸足：疾足，跑得快。

③樊子昭：东汉末汝南人，出身贫贱，为许劭所赏识。

【译文】

庞统到了吴地，吴地人都来和他结交。他看到陆绩、顾劭、全琮，就对他们加以评论说："陆子是所谓的劣马可以疾行快跑，顾子是所谓的笨牛可以负重远行。"有人问："如你所评论的，陆绩更胜一筹吗？"他说："劣马比起笨牛来虽然速度很快，但只能承载一人而已。笨牛一天能行百里，但所承载的又岂一个人呢？"吴人无话可以反驳。庞统接着又说："全子看重名声，好像汝南的樊子昭。"

四

诸葛瑾、弟亮及从弟诞①，并有盛名，各在一国。于时以为蜀得其龙，吴得其虎，魏得其狗。诞在魏，与夏侯玄齐名。瑾在吴，吴朝服其弘量。

【注释】

①诸葛瑾：字子瑜，诸葛亮之兄，琅邪阳都（今属山东）人。孙权称帝后，诸葛瑾官至大将军，领豫州牧。亮：诸葛亮。从弟：堂弟，族弟。诞：诸葛诞，字公休，诸葛瑾的族弟，在魏担任镇东将军、司空，后被司马氏所杀。

【译文】

诸葛瑾与弟弟诸葛亮以及族弟诸葛诞，都享有盛名，各自在一国任职。当时人认为蜀国得到其中的龙，吴国得到其中的虎，魏国得到其中的狗。诸葛诞在魏国，与夏侯玄齐名；诸葛瑾在吴国，吴国满朝都佩服他宏大的器量。

一四

明帝问周伯仁①："卿自谓何如郗鉴？"周曰："鉴方臣，如有功夫②。"复问郗，郗曰："周比臣，有国士门风③。"

【注释】

①明帝：东晋明帝司马绍。周伯仁：周颛。

②功夫：修养，造诣。

③国士：国中有才德声望的人。门风：家风。

【译文】

晋明帝问周颙："你自己认为和郗鉴比怎么样？"周颙说："郗鉴和我比，好像更有修养。"明帝再问郗鉴，郗鉴说："周颙和我相比，更有国士风度。"

五二

有人问谢安石、王坦之优劣于桓公①。桓公停欲言，中悔曰："卿喜传人语，不能复语卿。"

【注释】

①谢安石：谢安。王坦之：字文度，东晋太原晋阳（今属山西）人，王述之子。少与郗超齐名。贬抑庄子之学，崇尚刑名法术。简文帝临终时他切谏不可让桓温辅政。官至中书令，袭封蓝田侯，死谥献。桓公：桓温。

【译文】

有人问桓温谢安和王坦之两人的优劣。桓温正想说，又后悔道："你喜欢传播别人的话，我不能再对你说了。"

七四

王黄门兄弟三人俱诣谢公①，子猷、子重多说俗事②，子敬寒温而已③。既出，坐客问谢公："向三贤孰愈？"谢公曰："小者最胜。"客曰："何以知之？"谢公曰："吉人之辞寡，躁人之辞多。推此知之。"

①王黄门：王徽之，字子猷，王羲之第五子，性傲诞，官至黄门侍郎，故称。兄弟三人：指王徽之、王操之、王献之兄弟三人。谢公：谢安。

②子重：王操之，王羲之第六子，历任秘书监、侍中、尚书及豫章太守等职。

③子敬：王献之，王羲之第七子。寒温：寒暄，说客气话。

【译文】

王徽之兄弟三人一起去拜访谢安，王徽之、王操之多说世俗的事，王献之只是寒暄几句而已。他们辞别出去后，在座的宾客问谢安："刚才离去的三位贤人中哪一位最好？"谢安说："小的那位最好。"宾客说："怎么知道他最好？"谢安说："美善之人的言辞少而精，浮躁之人的言辞多而杂。由此推断而知。"

八六

桓玄为太傅，大会，朝臣毕集。坐裁竟^①，问王桢之曰^②："我何如卿第七叔^③？"于时宾客为之咽气^④。王徐徐答曰："亡叔是一时之标^⑤，公是千载之英。"一坐欢然。

【注释】

①裁：通"才"，刚刚。竟：毕，完。

②王桢之：字公干，王徽之之子。历官侍中、大司马

　　长史。

③第七叔：指王献之。

④咽（yè）气：屏住呼吸，不敢出气，形容神色紧张。

⑤标：楷模，典范。

【译文】

　　桓玄担任太傅时，大会宾客，朝中大臣都前来赴会。刚刚坐定，桓玄问王桢之说："我和你七叔比怎么样？"这时宾客们都为王桢之紧张得屏住了气。王桢之从容不迫地回答道："我亡叔是一时的典范，桓公则是千载难遇的英豪。"满座宾客为之欢悦。

规箴第十

规箴，指对别人的言行进行规劝和告诫。

本篇共有 27 则，内容涉及国计民生、家族声望、个人毁誉，规箴的方法也是多种多样，有借古讽今，有微言大义，有直言相劝，很好地反映了魏晋士人率真的人格魅力。本书节选了其中 9 则。

一

汉武帝乳母尝于外犯事^①，帝欲申宪^②，乳母求救东方朔^③。朔曰："此非唇舌所争，尔必望济者^④，将去时，但当屡顾帝，慎勿言，此或可万一冀耳。"乳母既至，朔亦侍侧，因谓曰："汝痴耳！帝岂复忆汝乳哺时恩邪？"帝虽才雄心忍，亦深有情恋，乃凄然愍之^⑤，即敕免罪。

【注释】

①汉武帝：刘彻，景帝子，在位期间罢黜百家，独尊儒术，加强中央集权，打击匈奴，通西南夷，使汉朝国力空前强大。

②申宪：依法惩办。

③东方朔：字曼倩，西汉平原厌次（今属山东）人。武帝时拜郎中，性诙谐滑稽，善文辞。

④济：救助。

⑤愍（mǐn）：怜悯。

【译文】

汉武帝的乳母曾经在外犯了法，武帝想要依法惩办，乳母向东方朔求救。东方朔说："这不是靠言辞所能够争辩的，你一定想要得到救助的话，就在将离开时，只要频频回头看皇上，千万不要说话，这样或许有万一的希望。"乳母来见武帝告别时，东方朔也在武帝身边侍立，于是就对乳母说："你真愚笨啊！皇帝哪里再能回想起你给他哺乳的恩情呢？"武帝虽然才能出众心狠手辣，但对乳母也深有情感，于是悲伤怜悯她，随即敕令赦免了她的罪。

二

京房与汉元帝共论①，因问帝："幽、厉之君何以亡②？所任何人？"答曰："其任人不忠。"房曰："知不忠而任之，何邪？"曰："亡国之君各贤其臣，岂知不忠而任之？"房稽首曰③："将恐今之视古，亦犹后之视今也。"

【注释】

①京房：西汉今文易学"京氏学"的开创者。本姓李，字君明，东郡顿丘（今属河南）人。元帝时立为博士，屡次上疏，以灾异推论时政得失，因劾奏石显等专权，出为魏郡太守，不久下狱死。汉元帝：刘奭，汉宣帝子。柔仁好儒，宠信宦官石显，西汉由此走向衰落。

②幽、厉之君：周幽王和周厉王，均为无道昏君。幽王荒淫，为犬戎所杀，厉王暴虐，为国人所逐。

③稽（qǐ）首：古时一种最恭敬的跪拜礼，叩头到地。

【译文】

京房与汉元帝一起谈论，于是就问元帝："周幽王、周厉王这样的国君为什么会亡国？他们所任用的都是什么人？"元帝答道："他们任用的人不忠。"京房说："知道不忠还要任用他们，是为什么呢？"元帝说："亡国之君各自认为他们的臣子是贤能的，哪里知道他们不忠还会去任用他们呢？"京房跪拜叩头说："恐怕我们今人看古人，也就像后人看今人一样呢。"

五

孙皓问丞相陆凯曰①："卿一宗在朝有几人？"陆曰："二相、五侯、将军十余人。"皓曰："盛哉！"陆曰："君贤臣忠，国之盛也；父慈子孝，家之盛也。今政荒民弊，覆亡是惧，臣何敢言盛！"

【注释】

①孙皓：字元宗，三国吴末代君主，降晋后封归命侯。陆凯：字敬风，吴郡吴（今属江苏）人。与陆逊同族，忠直敢言，官至左丞相。

【译文】

孙皓问丞相陆凯："你们家族在朝廷当官的有几个人？"陆凯说："两个丞相、五个侯爵、十多个将军。"孙皓说："真兴旺啊！"陆凯说："国君贤明，臣下忠诚，这是国家兴旺的景象；父母慈爱，儿子孝顺，这是家庭兴旺的景象。如今政务荒废民众疲困，恐怕国家要灭亡，我怎么敢说兴旺呢！"

七

晋武帝既不悟太子之愚①，必有传后意②，诸名臣亦多献直言。帝尝在陵云台上坐③，卫瓘在侧④，欲申其怀⑤，因如醉，跪帝前，以手抚床曰："此坐可惜！"帝虽悟，因笑曰："公醉邪？"

【注释】

①太子：指司马衷，后来的晋惠帝，性痴愚。

②传后意：指武帝准备死后将帝位传给太子的心意。

③陵云台：台名。故址在今河南洛阳东。

④卫瓘（guàn）：卫玠的祖父，字伯玉，河东安邑
（今属山西）人。仕晋，官尚书令、太保。晋惠帝
时，为贾后和楚王玮所陷，被杀。

⑤怀：想法，心意，指规劝武帝废太子之意。

【译文】

晋武帝对太子的愚痴既然没有醒悟，有一定要将帝位
传给他的意思，诸位名臣也多直言进谏。武帝曾坐在陵云
台上，卫瓘陪在旁边，想要申说自己的心意，便装作喝醉
跪在武帝前，用手抚摸武帝的坐榻说："这个座位多么可惜
啊！"武帝虽然明白他的意思，却笑着说："你喝醉了吗？"

九

王夷甫雅尚玄远①，常嫉其妇贪浊②，口未尝言
"钱"字。妇欲试之，令婢以钱绕床，不得行。夷
甫晨起，见钱阂行③，呼婢曰："举却阿堵物④！"

【注释】

①玄远：玄妙高远，指超凡脱俗的境界。

②其妇贪浊：王衍的妻子郭氏是贾后的亲戚，贪财聚敛。

③阂（hé）：阻碍，阻隔。

④举却：拿掉。阿堵：这个，六朝人口语。

【译文】

　　王衍向来崇尚玄妙超脱，常常厌恶他妻子的贪婪世俗，口中从来不说"钱"字。妻子想试探他，便命婢女用钱围绕在床边，让他无法下床行走。王衍早晨起床，看见钱阻碍他走路，就叫来婢女说："拿掉这个东西！"

一二

　　谢鲲为豫章太守，从大将军下至石头①。敦谓鲲曰："余不得复为盛德之事矣②！"鲲曰："何为其然？但使自今已后，日亡日去耳③。"敦又称疾不朝，鲲谕敦曰："近者明公之举，虽欲大存社稷④，然四海之内，实怀未达⑤。若能朝天子，使群臣释然，万物之心⑥，于是乃服。仗民望以从众怀，尽冲退以奉主上⑦，如斯则勋侔一匡⑧，名垂千载。"时人以为名言。

【注释】

①大将军下至石头：指晋元帝永昌元年（322）王敦以诛刘隗为名，起兵反，攻陷石头，杀戮大臣，自为丞相，谢鲲被逼同行。石头，即石头城，在建康西，是当时的军事重镇。

②不得复为盛德之事：指不再为皇上效力。

③日亡日去：指时间一天又一天过去，渐渐忘记君臣

之间不愉快之事。

④大存：用力保存。

⑤实怀：实际用意。怀，本怀，用意，心意。

⑥万物：指万人、众人。

⑦冲退：谦和退让。

⑧侔（móu）：相等。一匡：指辅佐王室，匡扶天下。《论语·宪问》："管仲相桓公，霸诸侯，一匡天下。"此处用一匡代指管仲。

【译文】

谢鲲担任豫章太守，随从大将军王敦沿江东下到石头城。王敦对谢鲲说："我不可能再为皇上效命了！"谢鲲说："为什么会这样呢？只要从今以后，渐渐忘掉过去就可以了。"王敦又称病不去上朝，谢鲲劝王敦说："近来您的举动，虽然想用力保存国家社稷，但在四海之内，您的真实心意并未表达出来。如果您能去朝见天子，让群臣的疑虑消除，万众之心就会敬服您。倚靠百姓的愿望顺从众人的心意，竭尽谦和退让的态度来奉侍主上，这样您的功勋就与一匡天下的管仲相等，名垂千古了。"当时人都认为这是至理名言。

一三

元皇帝时①，廷尉张闿在小市居②，私作都门③，蚤闭晚开，群小患之④，诣州府诉，不得理；遂至拯登闻鼓⑤，犹不被判。闻贺司空出⑥，至破冈⑦，连名诣贺诉。贺曰："身被征作礼官，不关此事。"群小叩头曰："若府君复不见治，便无所诉。"贺未语。令且去，见张廷尉当为及之。张闻，即毁门，自至方山迎贺⑧。贺出见，辞之曰："此不必见关，但与君门情⑨，相为惜之。"张愧谢曰："小人有如此，始不即知，蚤已毁坏。"

【注释】

①元皇帝：指东晋的第一个皇帝元帝司马睿。

②张闿：字敬绪，丹阳（今属江苏）人。

③都门：指小集市的总门。

④群小：指普通百姓。

⑤挝（zhuā）：击。登闻鼓：始于魏晋之间，即帝王在朝堂外悬鼓，臣民如有冤情或谏议可击鼓上闻。

⑥贺司空：贺循，字彦先，会稽山阴（今浙江绍兴）人。官至太常、左光禄大夫、司空等。

⑦破冈：水渠名。

⑧方山：山名。在江苏江宁东南。

⑨门情：指世交的情谊。贺循祖父贺齐为吴将军，张闿祖父张昭为吴相，两人颇有交情，故两家堪称世交。

【译文】

元帝时，廷尉张闿住在小集市，私自做了里巷的总门，每天早关门晚开门，百姓都为此感到困扰，到州衙门去告状，得不到审理；于是到朝堂外去击打登闻鼓，还是得不到审理。百姓听说贺循出行，到了破冈，便联名到贺循处申诉。贺循说："我被任命为礼官，与此事无关。"百姓们叩头道："如果府君再不受理，我们就无处申诉了。"贺循没说话，只是让他们暂时离开，说自己见到张廷尉时会提到此事。张闿听说后，立即把门拆去，亲自到方山来迎候贺循。贺循出来见张闿，对他说："此事本不与我相关，只是我家与你家有世交之谊，爱惜你罢了。"张闿惭愧地道歉说："百姓有此等情形，当初我不知道，现在早已把门拆毁了。"

一九

罗君章为桓宣武从事^①，谢镇西作江夏^②，往检校之。罗既至，初不问郡事^③，径就谢数日饮酒而还。桓公问："有何事？"君章云："不审公谓谢尚何似人？"桓公曰："仁祖是胜我许人。"君章云："岂有胜公人而行非者？故一无所问。"桓公奇其意而不责也。

【注释】

①罗君章：罗含，字君章，桂阳耒阳（今属湖南）人。有文才，官至廷尉、长沙相。桓宣武：桓温。从事：官名。刺史僚属。

②谢镇西：谢尚，字仁祖。江夏：郡名。治所在安陆（今属湖北）。

③初：从来，丝毫。

【译文】

罗含担任桓温的僚属时，谢尚镇守江夏，罗含前去视察。他到了江夏，完全不过问郡里的事务，直接到谢尚那里喝了几天酒就回来了。桓温问："有什么事吗？"罗含说："不知您认为谢尚是什么样的人？"桓温说："仁祖是超过我等的人。"罗含道："哪里有超过您的人却会去做坏事呢？所以我什么政事都没有过问。"桓温认为他的话很奇特，所以也没有责怪他。

二五

桓南郡好猎^①，每田狩，车骑甚盛，五六十里中，旌旗蔽隰^②，骋良马，驰击若飞，双甄所指^③，不避陵壑。或行陈不整，麕兔腾逸^④，参佐无不被系束^⑤。桓道恭^⑥，玄之族也，时为贼曹参军^⑦，颇敢直言。常自带绛绵绳著腰中^⑧，玄问："此何为？"答曰："公猎，好缚人士，会当被缚，手不能堪芒也。"玄自此小差^⑨。

【注释】

①桓南郡：桓玄。

②隰（xí）：低温的地方，泛指原野。

③双甄（zhēn）：左翼右翼，合称双甄。甄，古代打猎或作战阵形的一翼。

④麕（jūn）：獐子。

⑤系束：捆绑。

⑥桓道恭：字祖猷，官淮南太守，桓玄篡位时，官江
　夏相。

⑦贼曹参军：军府中掌管盗贼事务的属官。

⑧绛（jiàng）：深红色。

⑨小差（chài）：略有好转。

【译文】

　　桓玄喜欢狩猎，每次出去打猎，随从的车马非常多，绵延五六十里范围内，旌旗遍野，良马驰骋，奔走如飞，左右两翼所向之处，不避山陵沟壑。有时行列队形不整齐，或獐子、兔子逃跑了，僚属就都要被捆绑起来。桓道恭是桓玄的族人，当时担任贼曹参军，很敢直言。他常常自带深红色的绵绳系在腰间，桓玄问他："你带这个干什么？"桓道恭答道："您打猎时喜欢捆绑人，轮到我被捆绑时，我的手可不能忍受绑绳上的芒刺啊。"桓玄的脾气从此以后略有好转。

捷悟第十一

　　捷悟，指思维敏捷、反应快速、领悟能力过人。捷悟是悟性的高层次境界，是聪明才智的集中表现，历来受到人们的重视。

　　本篇共有 7 则，其中有关曹操和杨修的故事经过《三国演义》的演绎，得到广泛流传。本书节选了其中 3 则。

一

杨德祖为魏武主簿①，时作相国门，始构榱桷②，魏武自出看，使人题门作"活"字，便去。杨见，即令坏之。既竟，曰："'门'中'活'，'阔'字，王正嫌门大也③。"

【注释】

①杨德祖：杨修，字德祖，东汉末弘农华阴（今属陕西）人。曹操为丞相时，辟为主簿，有才学，为曹操所忌，被杀。

②榱桷（cuījué）：椽子，屋椽。

③王：曹操，因被封爵为魏王，故称。

【译文】

杨修担任曹操的主簿，当时正在建造相国府的大门，刚刚搭建屋椽，曹操亲自出来察看，让人在门上题了一个"活"字，就离开了。杨修看到后，立即命人把门拆了。拆掉后，说："'门'中加'活'字，就是'阔'字，魏王正是嫌门太大啊。"

三

魏武尝过曹娥碑下①，杨修从。碑背上见题作"黄绢幼妇，外孙齑臼"八字②，魏武谓修曰："解不？"答曰："解。"魏武曰："卿未可言，待我思之。"行三十里，魏武乃曰："吾已得。"令修别记所知。修曰："黄绢，色丝也，于字为'绝'；幼妇，少女也，于字为'妙'；外孙，女子也，于字为'好'；齑臼，受辛也③，于字为'辞'④：所谓'绝妙好辞'也。"魏武亦记之，与修同，乃叹曰："我才不及卿，乃觉三十里⑤。"

【注释】

①曹娥碑：曹娥，东汉上虞（今属浙江）人。其父曹盱被水淹死，十四岁的曹娥为寻父尸，投江而死。县令悲怜孝女，命邯郸淳撰文，为之立碑。

②齑（jī）：切（捣）成细末的腌菜。

③受辛：古时用石臼春菜时，常加大蒜等辛辣的作料，故谓之"受辛"。

④辞：异体字作"辝"。

⑤觉：通"较"，相差之意。

【译文】

曹操曾经经过曹娥碑下，杨修跟随着他。见到碑的背面题了"黄绢幼妇，外孙齑臼"八个字，曹操对杨修说："你理解吗？"杨修回答说："理解。"曹操说："你先不要说出来，等我想想。"走了三十里，曹操才说："我已经解出来了。"他就叫杨修另外记下自己所理解的意思。杨修说："黄绢，意谓有颜色的丝，合起来就是一个'绝'字；幼妇，少女之意，合起来就是一个'妙'字；外孙，就是女儿之子，合起来就是一个'好'字；齑臼，意谓受辛，合起来就是一个'辝'（辞）字：四个字就是'绝妙好辞'之意。"曹操也记下自己所解，与杨修完全相同，于是感叹道："我的才思比不上你，竟相差了三十里。"

六

郗司空在北府①，桓宣武恶其居兵权。郗于事机素暗②，遣笺诣桓："方欲共奖王室③，修复园陵。"世子嘉宾出行④，于道上闻信至，急取笺，视竟，寸寸毁裂，便回。还更作笺，自陈老病不堪人间⑤，欲乞闲地自养。宣武得笺大喜，即诏转公督五郡、会稽太守。

【注释】

①郗司空：郗愔（yīn），字方回，郗鉴之长子，历官会稽内史、侍中、司徒。死后赠司空。北府：指军府所在地京口。当时郗超兼任徐、兖二州刺史，徐州刺史移镇京口，故称京口为北府。

②事机：指事势机巧。暗：不明。

③奖：指辅助。

④世子：诸侯的嫡长子。郗愔袭爵南昌郡公，故其长子称世子。嘉宾：郗超，小字嘉宾。

⑤人间：指世事，担任官职。

【译文】

郗愔在京口时，桓温忌惮他掌握兵权。郗愔对于事势机巧等一向糊里糊涂，他派人送信给桓温说："正要与你共同辅助王室，修复先帝的陵园。"他的世子郗超出门在外，在路上听说信使来了，便急忙拿过信，看完后，把信一寸一寸地撕毁，就回来了。他重新代写了一封信，陈述自己年老多病难以承受世事，只想求一块清闲之地来养老。桓温看到这封信后非常高兴，立即代拟诏书调动郗愔担任都督五郡军事兼会稽太守的职务。

夙惠第十二

夙惠，指早慧，俗称早熟。从古至今，为人父母者大多殷切期望子女出人头地，伴随着这种期望，很多儿童早慧的故事也就随之产生。其实，天才未必早慧，大器多半晚成。历史上很多儿童早慧的故事不过是人为附会而成。

本篇共有 7 则，本书节选了其中 6 则。

一

宾客诣陈太丘宿，太丘使元方、季方炊。客与太丘论议，二人进火，俱委而窃听①，炊忘著箅②，饭落釜中。太丘问："炊何不馏③？"元方、季方长跪曰："大人与客语，乃俱窃听，炊忘著箅，饭今成糜④。"太丘曰："尔颇有所识不⑤？"对曰："仿佛志之。"二子俱说，更相易夺⑥，言无遗失。太丘曰："如此，但糜自可，何必饭也！"

【注释】

①委：舍弃，抛开。

②著箅（bì）：放置蒸饭用的竹制盛器。

③馏：指先将米下水煮，再捞出来蒸熟。

④糜：粥。

⑤识（zhì）：记住。

⑥易夺：订正补充。

【译文】

有宾客造访陈寔后留宿，陈寔让陈纪和陈谌去做饭。客人与陈寔交谈议论，两个儿子烧了火以后就去偷听，忘了放置蒸饭用的箅子，饭都漏到了锅里。陈寔问："烧饭为什么不蒸？"陈纪和陈谌长跪着说："大人和客人谈话，我们就一起偷听，忘了放蒸架，所以现在烧成了粥。"陈寔问："你们都记下了些什么？"回答说："似乎都记得。"两个儿子一起叙述，互相更正补充，把听到的话都复述了一遍。陈寔说："能够这样，那么烧成粥也可以，何必一定要饭呢？"

二

何晏七岁，明惠若神，魏武奇爱之。因晏在宫内^①，欲以为子。晏乃画地令方^②，自处其中。人问其故，答曰："何氏之庐也。"魏武知之，即遣还。

【注释】

①因晏在宫内：何晏父死后，曹操娶何晏母尹氏为夫人，故何晏长于宫中。

②画地令方：在地上画成方形。

【译文】

何晏七岁时就已经聪慧异常，曹操非常喜欢他。因为何晏长在宫中，曹操就准备收他为子。何晏在地上画了个方形，自己呆在里面。别人问他这是怎么回事，他回答说："这是何家的房子。"曹操知道后，就把他送回家去了。

三

晋明帝数岁，坐元帝膝上。有人从长安来，元帝问洛下消息^①，潸然流涕。明帝问何以致泣，具以东渡意告之^②。因问明帝："汝意谓长安何如日远？"答曰："日远。不闻人从日边来，居然可知^③。"元帝异之。明日，集群臣宴会，告以此意，更重问之。乃答曰^④："日近。"元帝失色曰："尔何故异昨日之言邪？"答曰："举目见日，不见长安。"

【注释】

①洛下：指洛阳，西晋京城。

②东渡：指西晋灭亡，司马睿东渡，在建康（今属江苏）重建政权，史称东晋。

③居然：显然。

④乃：竟。

【译文】

晋明帝几岁大的时候，坐在元帝的膝上。有人从长安来，元帝询问洛阳的情况，潸然落泪。明帝问为什么要哭泣，元帝就把晋王室东渡到江南的事告诉他，并顺便问明帝："你觉得长安和太阳哪个更远？"答道："太阳远。没听说有人从太阳那边过来，显然可以知道太阳远。"元帝觉得他的回答不同寻常。第二天，元帝召集大臣们宴会，把明帝说的意思告诉大家，又重新问明帝。明帝竟回答："太阳近。"元帝惊异地问："你怎么和昨天说的不一样？"明帝回答："抬头就可以看到太阳，但看不到长安。"

五

韩康伯数岁①，家酷贫，至大寒，止得襦②。母殷夫人自成之，令康伯捉熨斗，谓康伯曰："且著襦，寻作复裈③。"儿云："已足，不须复裈也。"母问其故，答曰："火在熨斗中而柄热，今既著襦，下亦当暖，故不须耳。"母甚异之，知为国器④。

【注释】

①韩康伯：韩伯，字康伯。善言玄理，官至丹阳尹、
　吏部尚书。

②襦（rú）：短袄。

③复裈（kūn）：夹裤。裈，有裆的裤。

④国器：治国之才。

【译文】

韩伯几岁大的时候，家里很穷，到了大寒时节，只能穿短袄。母亲殷夫人自己缝制短袄，让韩伯帮忙拿着熨斗，她对韩伯说："先穿着短袄，一会儿再做条夹裤。"儿子说："已经够了，不需要再做夹裤了。"母亲问他什么原因，回答说："火在熨斗中，但柄也是热的。现在既然穿了短袄，那么下身也会暖和的，所以不需要夹裤了。"母亲非常惊异，知道儿子是治国之才。

六

晋孝武年十二，时冬天，昼日不著复衣①，但著单练衫五六重②，夜则累茵褥③。谢公谏曰④："圣体宜令有常。陛下昼过冷，夜过热，恐非摄养之术⑤"。帝曰："昼动夜静。"谢公出，叹曰："上理不减先帝⑥。"

【注释】

①复衣：有衣里，可装入棉絮的衣服。

②单练衫：单层白绢上衣。练，白色熟绢。

③累：重叠。茵褥：垫褥。

④谢公：谢安。

⑤摄养：调理保养。

⑥理：指玄理。先帝：指简文帝。

【译文】

晋孝武帝十二岁那年，冬天时，他白天不肯穿夹衣，只穿着单绢衫五六层，晚上睡觉的垫褥却要好几层。谢安劝说道："保养身体应该有规律。陛下白天太冷，晚上过热，恐怕不符合养生之道。"孝武帝说："白天动晚上静。"谢安出来后叹道："皇上的理解能力不比先帝差。"

七

桓宣武薨①，桓南郡年五岁②，服始除③，桓车骑与送故文武别④，因指语南郡："此皆汝家故吏佐。"玄应声恸哭，酸感傍人⑤。车骑每自目己坐曰："灵宝成人⑥，当以此坐还之。"鞠爱过于所生⑦。

【注释】

①桓宣武：桓温。薨（hōng）：指高品级官员之死。

②桓南郡：桓玄。

③服：丧服。

④桓车骑：桓冲，字幼子，桓温弟，官至车骑将军。

送故：州郡长官离任、升迁或死亡，僚属多送资财或随迁转，或送丧归里，称为送故。

⑤酸：悲痛。

⑥灵宝：桓玄小字。

⑦鞠爱：抚育爱护。

【译文】

　　桓温死的时候，桓玄才五岁，孝服刚刚除掉，桓冲与送故的文武百官话别，就指着他们对桓玄说："这些都是你家原来的部属。"桓玄应声而哭，悲痛之情令人感动。桓冲经常看着自己的座位说："等灵宝长大成人，一定要把这个位置还给他。"桓冲对桓玄的抚育爱护超过了自己的亲生孩子。

豪爽第十三

豪爽，指性格豪迈、行事爽快。豪爽是一种气度，是性情的自然流露，展现的是魏晋士人开阔之胸襟。

本篇共有 13 则，本书节选了其中 5 则。

一

王大将军年少时[1]，旧有田舍名[2]，语音亦楚[3]。武帝唤时贤共言伎艺事，人皆多有所知，唯王都无所关，意色殊恶[4]。自言知打鼓吹，帝令取鼓与之。于坐振袖而起，扬槌奋击，音节谐捷[5]，神气豪上[6]，傍若无人，举坐叹其雄爽。

【译文】

王敦年轻时，向来有乡巴佬之称，说话口音也很重。晋武帝召集当时的名流谈论才艺，别人都知道得很多，只有他一点都不感兴趣，神情很难看。他说自己懂得击鼓，晋武帝就叫人拿鼓给他。他于是从座位上挥袖而起，拿起鼓槌奋力击打，音节和谐劲捷，神气豪迈喷薄，旁若无人，满座人都赞叹他雄壮豪爽的气度。

二

王处仲[1]，世许高尚之目[2]。尝荒恣于色[3]，体为之弊[4]。左右谏之，处仲曰："吾乃不觉尔，如此者甚易耳！”乃开后阁⑤，驱诸婢妾数十人出路，任其所之，时人叹焉。

【注释】

①王处仲：王敦，字处仲。

②许：给予。目：品评，评价。

③荒恣：放纵。

④弊：疲困。

⑤后阁（gé）：后阁小楼，女子妾妇所居。阁，旧指女子的住房。

【译文】

王敦，当时人给予他高尚的评价。他曾经放纵于声色，身体为此疲乏困顿。左右人劝谏他，王敦说：“我没有觉察到，如果是这样的话很容易解决！”于是就打开后阁小楼，把几十个婢妾赶到路上，任凭她们各奔东西，当时人都叹服他的做法。

七

庾稚恭既常有中原之志①，文康时②，权重未在己。及季坚作相③，忌兵畏祸，与稚恭历同异者久之④，乃果行。倾荆、汉之力，穷舟车之势，师次于襄阳，大会参佐⑤，陈其旌甲，亲援弧矢曰：“我之此行，若此射矣！”遂三起三叠⑥。徒众属目，其气十倍。

【注释】

①庾穉恭：庾翼，字穉恭，庾亮之弟，亮死，代镇武
　昌，任都督江荆等六州军事。有大志，以灭胡平蜀
　为己任。后为后赵所败，病死。

②文康：庾亮谥文康。

③季坚：庾冰，字季坚，庾亮之弟，以外戚显贵，继
　王导为相。

④同异：偏义复词，偏指差异。

⑤参佐：下属。

⑥三起三叠：指三发三中。起，古时以发射为起。叠，
　指击鼓。古时阅兵射箭中的以击鼓为号。

【译文】

　　庾翼早就有收复中原的志向，庾亮执政时，大权不在
他的手中。等到庾冰作丞相时，顾忌出兵惹祸，与庾翼争
论了很久，最后才发兵北伐。庾翼倾尽荆州和汉水地区的
全力，调动所有车船，出兵驻扎在襄阳，大会部属，排好
阵势，亲自拿起弓箭来说：“我这次出征就像这回射箭一
样！”说完便三发三中。部属注目，士气高涨，十倍于前。

八

　　桓宣武平蜀，集参僚置酒于李势殿，巴、蜀搢
绅莫不来萃①。桓既素有雄情爽气，加尔日音调英
发②，叙古今成败由人，存亡系才，其状磊落③，一
坐叹赏。既散，诸人追味余言。于时寻阳周馥曰④：
“恨卿辈不见王大将军⑤。”

【注释】

①萃：会集。

②尔日：这天。英发：英武奋发。

③磊落：形容人的状貌英武、气概不凡的样子。

④周馥：字湛隐，曾为王敦的属官，寻阳（今属江西）人。

⑤恨：遗憾。王大将军：王敦。

【译文】

桓温平定蜀地以后，在李势的宫殿上召集部下僚属宴饮，巴蜀地区的士大夫们全都来参与聚会。桓温本来就有雄壮豪爽的气概，加上这天说话的音调英武奋发，谈论古往今来的成败取决于人，国家的存亡取决于人才。当时桓温的状貌英武，气概不凡，满座的人都感叹赞赏。酒宴虽散，大家还在回味他的言论。这时寻阳周馥说：“遗憾的是你们没有见到过王大将军。”

一〇

桓石虔①，司空豁之长庶也②，小字镇恶。年十七八，未被举③，而童隶已呼为镇恶郎。尝住宣武斋头。从征枋头④，车骑冲没陈⑤，左右莫能先救。宣武谓曰：“汝叔落贼，汝知不？”石虔闻之，气甚奋。命朱辟为副⑥，策马于数万众中，莫有抗者，径致冲还⑦，三军叹服。河朔后以其名断疟。

【注释】

①桓石虔：小字镇恶，桓温之侄，史称矫捷绝伦，有

勇力，官至豫州刺史。

②司空豁：桓豁，字朗子，桓温之弟。官征西大将军。
　长庶：指庶出的长子。

③举：指正式承认身份地位。当时看重门第，并严分
　嫡庶。庶出者必须经其父正式承认方能确立身份。

④枋头：地名。在今河南浚县西南。

⑤车骑冲：桓冲，曾任车骑将军，故称。没陈：指陷
　入敌阵。陈，同"阵"。

⑥朱辟：桓石虔的副将。

⑦径：直接。致：招引。

【译文】

　　桓石虔是桓豁庶出的长子，小字镇恶。到了十七八岁
时，还没有被承认身份，而家里的仆役们已称他为镇恶郎。
他曾经住在桓温的书斋里。他跟从桓温北征战于枋头，桓
冲陷落到敌阵中，桓温左右没有能前去解救的。桓温对桓
石虔说："你叔叔身陷敌阵，你知道么？"桓石虔听后，意
气激奋，叫朱辟担任副将，策马冲入万军之中，没人敢抵
挡他，于是径直救了桓冲回来，全军上下都为之叹服。河
朔地区此后就用他的名字来驱疟鬼。

容止第十四

　　容止，指人的仪容举止。古今中外，不论男女，都有着对美的追求。一些在现代人眼里看似大胆的举动，可以很形象地说明魏晋士人的时尚之风。

　　本篇共有 39 则，叙述的对象均为男子，生动具体地反映了魏晋士人的审美情趣。本书节选了其中 6 则。

一

魏武将见匈奴使，自以形陋，不足雄远国①，使崔季珪代②，帝自捉刀立床头。既毕，令间谍问曰③："魏王何如？"匈奴使答曰："魏王雅望非常，然床头捉刀人，此乃英雄也。"魏武闻之，追杀此使。

【注释】

①雄：称雄，威慑。

②崔季珪：崔琰，字季珪，东武城（今属山东）人，眉目疏朗，须长四尺，很有威仪，连曹操也敬畏他。后崔琰被曹操赐死。

③间谍：侦探。

【译文】

曹操准备接见匈奴使者，自认为相貌丑陋，不足以震慑边远之国，便让崔琰来代替，自己则握着刀站在床榻旁。接见后，曹操派密探去问使者："魏王怎么样？"匈奴使者回答说："魏王仪容高雅非同寻常，但是床榻旁握刀的人，这才是真英雄啊。"曹操听了这话，派人追杀了这位使者。

二

何平叔美姿仪①，面至白。魏明帝疑其傅粉②，正夏月，与热汤饼③。既啖，大汗出，以朱衣自拭，色转皎然④。

【注释】

①何平叔：何晏。

②傅粉：搽粉。

③汤饼：指热汤面。

④皎然：洁白的样子。

【译文】

何晏姿态仪容很美，脸很白皙。魏明帝怀疑他搽了粉，正当夏天，就给他吃热汤面。何晏吃完后，出了大汗，便用红色朝服来揩拭，脸色更加洁白了。

五

嵇康身长七尺八寸①，风姿特秀。见者叹曰："萧萧肃肃②，爽朗清举③。"或云："肃肃如松下风④，高而徐引⑤。"山公曰⑥："嵇叔夜之为人也，岩岩若孤松之独立⑦；其醉也，傀俄若玉山之将崩⑧。"

【注释】

①七尺八寸：相当于现在一米八到一米九之间。

②萧萧肃肃：形容风度潇洒严正的样子。

③清举：清高脱俗的样子。

④肃肃：形容风声畅快有力的样子。

⑤高而徐引：高远而舒缓绵长。

⑥山公：山涛。

⑦岩岩：高大的样子。

⑧傀（guī）俄：倾颓的样子。

稽康身高七尺八寸，风度容貌出众。看到的人都赞叹道："风度潇洒严正，爽朗清高脱俗。"也有人说："他畅快有力犹如飒飒作响的松下之风，高远而绵长。"山涛说："稽叔夜的为人，高大威武像孤松昂然独立；喝醉酒时，如高峻的玉山将要崩塌。"

七

潘岳妙有姿容①，好神情②。少时挟弹出洛阳道③，妇人遇者，莫不连手共萦之④。左太冲绝丑⑤，亦复效岳游遨。于是群妪齐共乱唾之⑥，委顿而返⑦。

【注释】

①姿容：外貌，仪容。

②神情：神态风度。

③弹：弹弓。

④萦：围绕。

⑤左太冲：左思，貌丑，口吃，善为文。

⑥妪：古代妇女的通称。

⑦委顿：颓丧，疲困。

【译文】

潘岳身姿容貌出众，神情风度美妙。少年时带着弹弓走在洛阳的街道上，妇女们遇到他，都会牵着手围观他。左思相貌极丑，也仿效潘岳出游，结果妇女们一齐朝他乱吐涎沫，他只能颓丧疲困地回来。

一九

卫玠从豫章至下都①，人久闻其名，观者如堵墙②。玠先有羸疾③，体不堪劳，遂成病而死。时人谓"看杀卫玠"。

【注释】

①下都：指东晋都城建康，相对于西晋都城洛阳（称上都）而言。

②堵墙：墙壁，比喻人多而密集。

③羸（léi）疾：瘦弱多病。

【译文】

卫玠从豫章郡来到京城，京城人久闻其名，围观的人多得像一堵墙壁。卫玠原先就瘦弱多病，体力不支，于是便病重而死。当时人都说是"卫玠是被看死的"。

二四

庾太尉在武昌①，秋夜气佳景清，使吏殷浩、王胡之之徒登南楼理咏②。音调始遒③，闻函道中有屐声甚厉④，定是庾公。俄而率左右十许人步来，诸贤欲起避之，公徐云："诸君少住，老子于此处兴复不浅。"因便据胡床与诸人咏谑⑤，竟坐甚得任乐。后王逸少下⑥，与丞相言及此事⑦，丞相曰："元规尔时风范不得不小颓⑧。"右军答曰："唯丘壑独存⑨。"

【注释】

①庾太尉：庾亮。

②王胡之：字修龄，琅邪临沂（今属山东）人，王廙之子。年轻时即有声誉。官吴兴太守、司州刺史等。理咏：调理音律，吟诵诗歌。

③遒（qiú）：强劲有力。

④函道：楼梯。厉：声音高而急。

⑤胡床：古代由胡地传入的折叠椅。

⑥下：指从上游武昌到下游建康。

⑦丞相：王导。

⑧元规：庾亮字元规。风范：风度气派。颓：减弱。

⑨丘壑：指高雅超脱的情趣。

【译文】

庾亮镇守武昌时，秋夜天气极好，景色清朗，属官殷浩、王胡之等人登上南楼调理音律，吟诵诗歌。音调渐转高亢时，听到楼梯上传来响亮急促的木屐声，知道一定是庾亮。一会儿庾亮领着十多位侍从走来，各位属官想起身避开，庾亮慢慢道："诸位请留步，老夫对于此事兴致也不算浅。"于是他便靠在胡床上与大家吟咏说笑，满座的人都很尽兴。后来王羲之东下京都，与丞相王导说起这件事，王导说："元规那时的风度气派现在不得不说已稍稍减弱。"王羲之回答说："唯有高雅超脱的情趣依然保存着。"

自新第十五

　　自新，指改过从善、重新做人。

　　本篇只有两则，其中周处的故事流传最广，京剧《除三害》即以此为蓝本。本书对这两则故事未做删节。

一

　　周处年少时①，凶强侠气②，为乡里所患。又义兴水中有蛟③，山中有遭迹虎④，并皆暴犯百姓。义兴人谓为"三横"，而处尤剧。或说处杀虎斩蛟，实冀三横唯余其一。处即刺杀虎，又入水击蛟。蛟或浮或没，行数十里，处与之俱，经三日三夜，乡里皆谓已死，更相庆。竟杀蛟而出，闻里人相庆，始知为人情所患，有自改意。乃入吴寻二陆⑤，平原不在⑥，正见清河⑦，具以情告，并云："欲自修改，而年已蹉跎，终无所成。"清河曰："古人贵朝闻夕死⑧，况君前途尚可。且人患志之不立，亦何忧令名不彰邪？"处遂改励⑨，终为忠臣孝子。

【注释】

①周处：字子隐，西晋义兴阳羡（今属江苏）人。他曾为吴国将吏，晋平吴后，官至御史中丞。纠劾不避权贵，受到贵戚排挤。在平定氐人齐万年之乱时战死。

②侠气：指意气用事。

③义兴：郡名。西晋时治所在阳羡县（今属江苏）。蛟：鳄鱼。古人神化为蛟龙类动物。

④遭（zhān）迹虎：跛足的老虎。

⑤入吴：到吴郡。二陆：指陆机、陆云兄弟。二人皆以文学著称，人称二陆。陆机，字士衡，吴郡吴县华亭（今属上海）人。工骈文与诗，所作《文赋》

为重要的文论，后人辑有《陆士衡集》。陆云，字士龙，陆机之弟，曾任清河内史、大将军右司马等职。

⑥平原：陆机，他曾任平原内史，故称。

⑦正：只。清河：陆云，他曾任清河内史，故称。

⑧朝闻夕死：语出《论语·里仁》："朝闻道，夕死可矣。"

⑨改励：改过自新，努力上进。

【译文】

周处年轻时，凶狠蛮横意气用事，被乡邻们当作祸害；此外义兴的河水中有蛟龙，山中有跛足虎，它们都祸害百姓。义兴人称为"三横"，而其中周处最厉害。有人劝说周处去杀虎斩蛟，实际上是希望"三横"中只留下其中之一。周处随即去刺杀老虎，又下河去击杀蛟龙。那蛟龙有时浮出水面，有时潜入水中，游了几十里，周处始终与蛟龙缠在一起，经过三天三夜，乡里人都认为他已经死了，便互相庆贺。周处最终杀死蛟龙从水里出来，听到了乡里人在互相庆贺，这才知道自己被人们所厌恶，就有了改过自新的意思。于是便到吴郡去寻访陆机、陆云兄弟，陆机不在，只见到陆云。周处便把事情全都告诉他，并说："自己想改邪归正，但年龄已经大了，恐怕最终会一事无成。"陆云说："古人看重'朝闻道，夕死可矣'的教诲，何况你的前途还大有希望。再说人只怕不能立志，又何必忧虑美名不能传扬呢？"周处于是改过自新，终于成为忠臣孝子。

二

戴渊少时①，游侠不治行检②，尝在江、淮间攻掠商旅。陆机赴假还洛③，辎重甚盛，渊使少年掠劫。渊在岸上，据胡床指麾左右，皆得其宜。渊既神姿锋颖④，虽处鄙事，神气犹异。机于船屋上遥谓之曰："卿才如此，亦复作劫邪？"渊便泣涕，投剑归机，辞厉非常⑤。机弥重之，定交⑥，作笔荐焉。过江，仕至征西将军。

【注释】

①戴渊：即戴俨，字若思，晋广陵（今属江苏）人，辅佐元帝，官至征西将军。王敦叛乱，攻陷石头城时遇害。

②游侠：古代指重义轻生，豪爽好结交，勇于排难解纷，敢于打家劫舍的人。也指侠义的行为。行检：品行操守。

③赴假：销假。

④锋颖：形容其神情风度不凡，引人注目。

⑤辞厉：言辞激切。

⑥定交：结为朋友。

【译文】

戴渊年轻时，一派游侠作风不检点品行操守，曾在江、淮一带抢劫商人旅客。陆机销假赴任回洛阳时，行李物品很多，戴渊指使一些年轻人去抢劫。他自己在岸上靠在胡床上指挥手下人行动，一切布置都很适宜。戴渊的神情风度本来就不凡，即使处理的是抢劫这样卑鄙的事，神气还是不同一般。陆机在船舱里远远地对他说："你的才能如此不俗，也做抢劫这种事吗？"戴渊便哭泣流泪，丢下宝剑归顺了陆机，言辞非常激切。陆机更加看重他，与他结为朋友，写书信推荐他。晋室过江以后，他官至征西将军。

企羡第十六

企羡，指企盼仰慕。

本篇共有 6 则，颇能反映魏晋士人的审美情趣和精神追求。本书节选了其中 3 则。

一

王丞相拜司空①，桓廷尉作两髻、葛裙、策杖②，路边窥之，叹曰："人言阿龙超③，阿龙故自超④。"不觉至台门⑤。

【注释】

①王丞相：王导。

②桓廷尉：桓彝，字茂伦，谯国龙亢（今属安徽）人，为一代名士，尤以善于品评人物著称。东晋元帝时为吏部郎，明帝时以功封万宁县男，后任宣城内史。苏峻作乱时，固守泾县，城陷遇害。葛裙：葛布做的下裳。裙，下裳。

③阿龙：王导小名赤龙，称名前加"阿"是当时的习惯，如阿平、阿大、阿戎等。超：超脱。

④故自：本来。

⑤台门：晋时以禁省为台，禁城为台城，禁城门为台门。

【译文】

王导被授为司空时，桓彝把头发梳成两个髻，穿着葛布裙，挂着拐杖，在路边暗暗观察他，赞叹道："人们都说阿龙超脱，阿龙本来就超脱。"不知不觉间一直跟到了台门。

三

王右军得人以《兰亭集序》方《金谷诗序》①，又以己敌石崇②，甚有欣色。

【注释】

①王右军：王羲之。《兰亭集序》：王羲之于晋穆帝永和九年（353）三月三日与谢安等四十一人会于会稽山阴之兰亭，饮酒赋诗。后将这些诗作汇集起来，王羲之为之作序三百二十四字，世称《兰亭序》，既是文学名篇，更是书法神品。方：比拟。《金谷诗序》：晋惠帝元康六年（296），石崇、苏绍等三十人，集于石崇别庐河南金谷涧（今属河南）为征西大将军祭酒王诩送行，游宴赋诗，各抒其怀，后编为一集，石崇为之作序。

②敌：相当，匹敌。石崇：字季伦，渤海南皮（今属河北）人。历官散骑常侍、荆州刺史、征虏将军。家中豪富。附事贾后，为赵王伦所杀。

【译文】

王羲之得知别人把《兰亭集序》比作《金谷诗序》，又把自己与石崇相匹敌，脸上颇有喜悦之色。

六

孟昶未达时①，家在京口，尝见王恭乘高舆②，被鹤氅裘③。于时微雪，昶于篱间窥之，叹曰："此真神仙中人！"

【注释】

①孟昶（chǎng）：字彦达，平昌（今属山东）人，官至尚书仆射。卢循率军攻石头，官军大败，孟昶

自杀。

②王恭：字孝伯，小字阿宁，官至中书令。美姿仪，
人多爱悦。高舆：高大的车子。

③被：同"披"。鹤氅（chǎng）裘：用鸟羽制作的
裘衣。

【译文】

孟昶还没有显达时，家住京口，曾经看到王恭乘着高
车，身披鹤氅裘。当时正下着小雪，孟昶透过篱笆缝隙暗
自观察，赞叹道："这真是神仙中人啊！"

伤逝第十七

　　伤逝，指对亡者的哀伤悼念。圣人有情无情的问题，是魏晋清谈的品目之一，重情、钟情也成为魏晋时期的名士之风。

　　本篇共有 19 则，本书节选了其中 5 则。

一

王仲宣好驴鸣^①。既葬，文帝临其丧^②，顾语同游曰："王好驴鸣，可各作一声以送之。"赴客皆一作驴鸣^③。

【注释】

①王仲宣：王粲字仲宣，山阳高平（今属山东）人。先依刘表，未得重用，后为曹操幕僚，官侍中。学识溥洽，以诗、赋著称，是建安七子之一。

②文帝：魏文帝曹丕。

③赴客：送葬的客人。

【译文】

王粲喜欢驴的叫声。他去世下葬时，曹丕参加丧礼哭吊，回头对同行的朋友们说："王粲喜欢驴叫的声音，大家可各学一次驴叫作为送别。"参加丧礼的来客就都做了一次驴叫。

二

王濬冲为尚书令^①，著公服，乘轺车^②，经黄公酒垆下过^③。顾谓后车客："吾昔与嵇叔夜、阮嗣宗共酣饮于此垆^④。竹林之游^⑤，亦预其末^⑥。自嵇生夭、阮公亡以来，便为时所羁绁^⑦。今日视此虽近，邈若山河^⑧。"

①王濬冲：王戎，字濬冲。

②軺（yáo）车：用一匹马拉的轻便马车。

③黄公酒垆：酒家名。酒垆，酒店前放置酒瓮的土台，此指酒店。

④嵇叔夜：嵇康。阮嗣宗：阮籍。

⑤竹林之游：指魏晋间嵇康、阮籍、山涛、刘伶、阮咸、向秀、王戎等人相与交好，常宴集于竹林之下，时称"竹林七贤"。

⑥预其末：参与末座，自谦的说法。

⑦羁绁（jīxiè）：束缚，约束。

⑧邈：遥远。

【译文】

王戎担任尚书令时，穿着官服，乘着轻便马车，从黄公酒家旁边经过。他回头对坐在车后的客人说："我当初与嵇叔夜、阮嗣宗一起在这家酒店畅饮。竹林之游我也参与忝陪末座。自从嵇生早逝，阮公亡故以来，我便为时事所束缚。今天看到这家酒店虽然近在眼前，却感觉遥远得像隔着山河。"

三

孙子荆以有才①，少所推服，唯雅敬王武子②。武子丧时，名士无不至者。子荆后来，临尸恸哭，宾客莫不垂涕。哭毕，向灵床曰："卿常好我作驴鸣，今我为卿作。"体似真声③，宾客皆笑。孙举头曰:"使君辈存,令此人死!"

【注释】

①孙子荆:孙楚,字子荆,晋太原中都(今属山西)人。为人孤傲不群,官至冯翊太守。

②雅敬:非常敬重。雅,甚,极。王武子:王济。

③体似真声:应为"体似声真",意即模拟得体、声音逼真。

【译文】

孙楚恃才傲物,很少推崇佩服别人,只是非常敬重王济。王济死后治丧时,当时的名士没有不去吊唁的。孙楚后到,面对尸体痛哭,宾客们感动得无不为之流泪。哭完后,他对着王济灵床说:"你平时喜欢听我学驴叫,现在我就为你学驴叫。"他模仿得很逼真,宾客都笑了起来。孙楚抬头说:"怎么让你们这班人活着,却叫这个人死了呢!"

一一

支道林丧法虔之后①,精神霣丧②,风味转坠③。常谓人曰:"昔匠石废斤于郢人④,牙生辍弦于钟子⑤,推己外求,良不虚也。冥契既逝⑥,发言莫赏,中心蕴结,余其亡矣!"却后一年,支遂殒。

【注释】

①支道林:支遁。法虔:晋时僧人,支道林的同学。

②霣(yǔn)丧:坠落,指消沉、沮丧。

③风味：风采，风貌神韵。转坠：渐渐衰退。

④匠石废斤于郢人：见《庄子·徐无鬼》。楚国的郢
　人鼻尖上沾上如苍蝇翅膀一般薄的小污点，便让名
　字叫石的匠人用斧子把污点除掉。结果鼻尖上的污
　点斫去，鼻子一点也没有受伤，郢人仍若无其事地
　站着。说明两人互相信任，配合默契。斤，斧头。

⑤牙生辍弦于钟子：见《淮南子·修务》。春秋时楚
　人伯牙精于音律，鼓琴时志在高山流水，钟子期听
　而知之。后子期死，伯牙谓世无知音，遂绝弦破
　琴，终身不再鼓琴。

⑥冥契：指相互投合的知音。

【译文】

支遁在法虔去世以后，精神消沉，风貌神韵渐渐衰退。他常对人说："过去匠石因为郢人的去世而丢掉斧子，伯牙因为钟子期去世而不再弹琴，以自己的体验去推想别人，确实不是虚假的。既然相互投合的知音已经去世，自己说话已无人欣赏，内心郁闷，我恐怕要死了！"过了一年，支遁就去世了。

一五

王东亭与谢公交恶①。王在东闻谢丧②，便出都诣子敬道③："欲哭谢公。"子敬始卧，闻其言，便惊起曰："所望于法护。"王于是往哭。督帅刁约不听前④，曰："官平生在时，不见此客。"王亦不与语，直前哭，甚恸，不执末婢手而退⑤。

【注释】

①王东亭：王珣，小字法护。谢公：谢安。

②东：东晋都建康，以会稽、吴郡为东。

③出都：到京都，赴京都。子敬：王献之。

④刁约：督帅名，生平不详。听：允许。

⑤末婢：谢安之子谢琰，字瑗度，小字末婢。官著作
郎、秘书丞、侍中等。

【译文】

王珣与谢安交情破裂，互结仇怨。王珣在东边听说谢安去世了，便赶赴都城拜望王献之说："我想去哭吊谢公。"王献之起先躺着，听到他的话，就吃惊地起来说："这正是我希望你去做的。"王珣于是就去哭吊。谢安帐前的督帅刁约不让他上前，说："长官在世时，没见过这位客人。"王珣也不与他说话，径直上前哭吊，非常悲痛，但没有与谢琰握手就退出来了。

栖隐第十八

　　栖隐，指无意仕途、隐居赋闲。魏晋时期隐逸之风盛行，很多名士旷达任放、傲世独立，他们不以功名利禄为务，或离群索居，或遁迹山林，追求内心世界的满足。也有所谓的"朝隐"，这样的隐士不必去过心迹双枯的清苦生活，又可以不营俗务，以"内足于怀"为理想境界。

　　本篇共有 17 则，展现了魏晋时期心神超越的名士风范。本书节选了其中 5 则。

一

阮步兵啸闻数百步①。苏门山中②，忽有真人，樵伐者咸共传说。阮籍往观，见其人拥膝岩侧，籍登岭就之，箕踞相对③。籍商略终古④，上陈黄、农玄寂之道⑤，下考三代盛德之美，以问之，仡然不应⑥；复叙有为之教⑦，栖神导气之术⑧，以观之，彼犹如前，凝瞩不转⑨。籍因对之长啸。良久，乃笑曰："可更作。"籍复啸。意尽退。还半岭许，闻上嗜然有声⑩，如数部鼓吹⑪，林谷传响。顾看，乃向人啸也。

【注释】

①阮步兵：阮籍。啸：撮口作声，即口哨。亦称"歌啸""吟啸""长啸""讽啸"等。

②苏门山：山名。又名苏岭、北门山，在今河南辉县。

③箕踞：一种傲慢放达的坐姿，两足伸开，状如簸箕。

④商略：商讨，评论。终古：往昔，往古。

⑤黄、农：黄帝轩辕氏和炎帝神农氏，老庄学派认为他们是无为而治的典范，是理想之寄托。玄寂之道：指道家玄远幽寂的道理。

⑥仡（yì）然：昂首的样子。

⑦有为之教：有作为的学说，指儒家学说。

⑧栖神：凝聚心神使其不散乱。

⑨凝瞩：集中注视，目不转睛。

⑩嗜（jiū）然：声音悠长的样子。

⑪鼓吹：古代的一种器乐合奏，用鼓、钲、箫、笳等乐器演奏。

【译文】

阮籍的啸声能在百步外听得到。苏门山中，忽然出现了一位得道高人，砍柴人全都传说此人。阮籍前去观看，见此人在山岩旁抱膝而坐，阮籍就登上山岭靠近他，伸开腿相对而坐。阮籍评论古代史事，上陈述黄帝、神农氏玄远无为之道，下考夏商周三代的德政，用这些来问他，他昂着头不应答；再叙述儒家有为的学说，道家凝聚心神导引气息的方法，拿这些来观察他，他还像先前一样，目不转睛。阮籍于是对着他长啸。过了很久，他才笑着说："可以再啸一次。"阮籍再次长啸。阮籍兴致已尽，往回走到了半山腰处，听到山上啸声悠长，好像几部乐队在演奏，乐声在山林幽谷间传播回响。阮籍回头看，原来就是刚才那人在长啸。

六

阮光禄在东山①，萧然无事②，常内足于怀。有人以问王右军，右军曰："此君近不惊宠辱，虽古之沉冥③，何以过此。"

【注释】

①阮光禄：阮裕。朝廷曾授与他金紫光禄大夫。

②萧然：冷落寂寞的样子。

③沉冥：深藏不露之人，指隐士。

【译文】

阮裕在东山时，显得无所事事，冷落寂寞，心中却常常很满足。有人就此问王羲之，王羲之说："此君几乎达到宠辱不惊的境界了，即便是古时深藏不露的隐士，也不能超过他。"

八

南阳刘骥之①，高率②，善史传，隐于阳岐③。于时苻坚临江④，荆州刺史桓冲将尽讦谟之益⑤，征为长史，遣人船往迎，赠赆甚厚⑥。骥之闻命，便升舟，悉不受所饷，缘道以乞穷乏，比至上明亦尽⑦。一见冲，因陈无用，翛然而退⑧。居阳岐积年，衣食有无，常与村人共。值己匮乏，村人亦如之，甚厚，为乡闾所安。

【注释】

①刘骥之：字子骥，南阳（今属河南）人。好游山水，清心寡欲，隐居阳岐，终身不仕。

②高率：高尚真率。

③阳岐：村名。濒临长江，距荆州二百里。

④临江：指兵临长江。

⑤讦（xū）谟（mó）：宏图大计。讦，大。谟，计谋，谋略。

⑥赠赆（kuàng）：赠送礼物。

⑦上明：东晋时曾是荆州治所，在今湖北松滋南。

⑧翛（xiāo）然：超脱自在的样子。

【译文】

南阳刘驎之，为人高尚率真，善长史传之学，隐居在阳岐村。当时苻坚兵临长江，荆州刺史桓冲想尽力地实现有益于国家的宏图大计，便聘刘驎之为长史，并派人备船去迎接，还赠送很多的礼物。刘驎之听到任命后，就登上船，对所赠礼物全都不接受，而是沿途把它们分给了穷苦之人，等到了上明城礼物也送完了。他一见到桓冲，就陈说自己是无用之人，随后就很潇洒地告退出来。他在阳岐村住了多年，不管吃的穿的有无多少，常与村里的人共享。遇到自己短缺时，村里人也同样帮助他。他为人厚道，乡里人乐于与他相处。

一一

康僧渊在豫章，去郭数十里立精舍①。傍连岭，带长川，芳林列于轩庭②，清流激于堂宇。乃闲居研讲，希心理味③。庾公诸人多往看之，观其运用吐纳，风流转佳④。加己处之怡然，亦有以自得，声名乃兴。后不堪，遂出。

【注释】

①精舍：僧人讲经修持的地方。
②轩庭：长廊庭院。
③希心：潜心，专心。理味：研究体会。
④转：更加。

【译文】

康僧渊在豫章时，在离城几十里处建造了精舍。精舍旁边连着山岭，四周环绕着河流，长廊庭院里布满花草林木，清澈的流水在厅堂屋宇周围激荡。他于是悠闲地住在这里研习讲论佛理，潜心研究体味。庾亮等人常去看他，观察他运用吐纳养生之术，他的风度神采更加优雅。加上他处身于此非常自在，颇感得意，于是声名大振。后来他终于不能忍受外来的干扰，就离开了这里。

一二

戴安道既厉操东山①，而其兄欲建式遏之功②。谢太傅曰③："卿兄弟志业，何其太殊？"戴曰："下官不堪其忧，家弟不改其乐。"

【注释】

①戴安道：戴逵，字安道，谯郡铚县（今属安徽）人，后徙居会稽剡县（今属浙江）。少博学，好谈论，善属文，能鼓琴，工书画。厉操：磨炼节操，此指隐居。

②其兄：戴逵之兄戴逯，字安丘，官至大司农。式遏：典出《诗经·大雅·民劳》："式遏寇虐，憯不畏明。柔远能迩，以定我王。"意为制止、抵御，此指为国建功。

③谢太傅：谢安。

【译文】

戴逵已经隐居东山磨炼节操，而他的兄长戴逯则有建功立业的愿望。谢安对戴逯说："你们兄弟的志趣事业为什么如此的悬殊啊？"戴逯说："我不能忍受贫困的忧苦，而家弟则不想改变隐居的乐趣。"

贤媛第十九

　　贤媛，指贤淑的女子。

　　本篇共有 32 则，展现了魏晋时期上流社会中的妇女形象，她们或德才兼备、或相夫教子、或母仪垂范，其风采跃然纸上。本书节选了其中 12 则。

一

陈婴者①，东阳人。少修德行，著称乡党。秦末大乱，东阳人欲奉婴为主，母曰："不可！自我为汝家妇，少见贫贱，一旦富贵，不祥。不如以兵属人②，事成少受其利，不成祸有所归。"

【注释】

①陈婴：秦末东阳（今属安徽）人。秦末起兵，为项梁将，封上柱国。项羽死，归汉。

②属：交付。

【译文】

陈婴是东阳人，年轻时修养道德品行，著称于家乡。秦末时天下大乱，东阳人想拥戴陈婴为首领，他母亲说："不行！自从我做了你家媳妇，年轻时就见你家很贫贱，现在一下子富贵起来，这是不吉祥的。还不如把队伍交给别人，事情成功的话可以稍微得到一点好处；事情不成功，祸害自有别人来承担。"

二

汉元帝宫人既多，乃令画工图之，欲有呼者，辄披图召之。其中常者①，皆行货赂。王明君姿容甚丽②，志不苟求，工遂毁为其状③。后匈奴来和，求美女于汉帝，帝以明君充行④。既召见而惜之，但名字已去，不欲中改，于是遂行。

【注释】

①中常：指相貌中等平常。

②王明君：王昭君，晋人为避文帝司马昭之讳，改为王明君。嫁给匈奴呼韩邪单于，为宁胡阏氏。

③毁为其状：作画时毁坏其容貌。

④充行：充当皇家宗室之女出嫁匈奴。

【译文】

汉元帝的宫女已经很多了，便让画工把她们的相貌画下来，他想临幸宫女，就翻看图像挑选。那些姿色平常的宫女，都贿赂画工。王昭君姿态容貌非常美丽，她立志不肯苟且求情，画工便在作画时把她的容貌画得很丑。后来匈奴要求和亲，向汉元帝请求赏赐美女，元帝便用王昭君来充当宗室之女出嫁匈奴。等到召见王昭君后深感惋惜，但是名字已经报出去了，又不想中途更改，于是王昭君就去了匈奴。

三

汉成帝幸赵飞燕①，飞燕谗班婕妤祝诅②，于是考问。辞曰③："妾闻死生有命，富贵在天。修善尚不蒙福，为邪欲以何望？若鬼神有知，不受邪佞之诉；若其无知，诉之何益？故不为也。"

【注释】

①汉成帝：刘骜，字太孙，汉元帝之子。宠爱赵飞燕姊妹，不理朝政，将大权交由外家王氏家族掌管，

留下王莽篡汉的祸根。赵飞燕：原为长安宫女，善歌舞，号飞燕，后为成帝所宠幸，立为皇后。

②班婕妤：汉成帝宠姬，有文才，因遭赵飞燕谗毁失宠，退处东宫，侍奉太后。祝诅：指向鬼神祷告进行诅咒。

③辞：供词。

【译文】

汉成帝宠幸赵飞燕，飞燕诬告班婕妤向鬼神祷告诅咒，于是审问班婕妤。她的供词说："我听说人的死生由命运来决定，富贵由天意来安排。修善还不能受到福报，作恶还能指望什么？如果鬼神有知觉的话，就不会接受邪恶谄媚的诬告诅咒；如果鬼神没有知觉，诬告诅咒又有什么用呢？所以我是不会做这种事的。"

六

许允妇是阮卫尉女①，德如妹②，奇丑。交礼竟③，允无复入理④，家人深以为忧。会允有客至，妇令婢视之，还，答曰："是桓郎。"桓郎者，桓范也⑤。妇云："无忧，桓必劝入。"桓果语许云："阮家既嫁丑女与卿，故当有意⑥，卿宜察之。"许便回入内。既见妇，即欲出。妇料其此出无复入理，便捉裾停之⑦。许因谓曰："妇有四德⑧，卿有其几？"妇曰："新妇所乏唯容尔。然士有百行⑨，君有几？"许曰："皆备。"妇曰："夫百行以德为首，君好色不好德，何谓皆备？"允有惭色，遂相敬重。

【注释】

①许允：字士宗，高阳（今属山东）人，仕魏至吏部郎，后为晋司马师所杀。阮卫尉：阮共，字伯彦，尉氏（今属河南）人，官至卫尉卿。

②德如：阮侃，字德如，阮共之子，官至河内太守。

③交礼：指结婚时行交拜礼。

④理：指意愿。

⑤桓范：字元则，沛郡（今属安徽）人，官大司农。

⑥故当：必定，自然。

⑦裾：衣服前襟或后襟。

⑧四德：旧时指妇女应具备品德、言语、容仪、女工四种德行。

⑨百行：指多方面的品行。

【译文】

许允的妻子是阮共的女儿，阮侃的妹妹，容貌特别丑陋。结婚时行过交拜礼后，许允就不再有进入新房的意愿，家人都为此深感忧虑。正好许允有客人来，新娘就叫婢女去看是谁，婢女回来答道："是桓郎。"桓郎就是桓范。新娘说："不要担忧了，桓郎必定会劝他进来的。"桓范果然对许允说："阮家既然把丑女嫁给你，必定是有用意的，你应当好好体察。"许允就回到新房，见到新娘后，立即就想退出去。新娘料想他这回出去就不会再回来了，便抓住新郎的衣襟要他留下。许允便对她说："妇人要有四种德行，你有几种？"新娘说："我所缺少的只有容貌而已。然而士人应具备多方面的品行，你有几种？"许允说："我全都具备。"新娘说:"各方面品行中品德是第一位的,你爱美色而不爱德行,怎么能说都具备呢?"许允听了面有愧色,从此就敬重她了。

一一

山公与嵇、阮一面①,契若金兰②。山妻韩氏觉公与二人异于常交,问公,公曰:"我当年可以为友者③,唯此二生耳。"妻曰:"负羁之妻亦亲观狐、赵④,意欲窥之,可乎?"他日,二人来,妻劝公止之宿,具酒肉。夜穿墉以视之⑤,达旦忘反。公入曰:"二人何如?"妻曰:"君才致殊不如⑥,正当以识度相友耳。"公曰:"伊辈亦常以我度为胜。"

【注释】

①山公:山涛。嵇:嵇康。阮:阮籍。

②契若金兰:形容彼此相投,友谊深厚。

③当年:现在。

④负羁之妻亦亲观狐、赵:典出《左传·僖公二十三年》,指晋公子重耳遭骊姬之谗,流亡在外,到了曹国,曹大夫僖负羁的妻子仔细观察了他的随从狐偃、赵衰后认为他们都是相国之才,一定能辅助重耳回国,并成为霸主。

⑤墉:墙。

⑥才致:才气,才情旨趣。

【译文】

山涛与嵇康、阮籍只见了一面，彼此就情投意合亲如兄弟。山涛妻子韩氏感觉山涛与他们二人的交情非同寻常，就问山涛，山涛说："我这一生最要好的就是这二位先生而已。"韩氏说："僖负羁之妻也曾亲自观察过狐偃、赵衰，我也想观察嵇、阮二位，可以吗？"有一天，他们二位来了，韩氏劝山涛把他们留下来住宿，同时准备好酒肉招待。夜晚韩氏打通墙壁来观察他们，直到天亮都忘了回来。山涛进去说："这二人怎么样？"韩氏说："你的才情志趣远远不如他们，正应当以你的见识气度与他们交朋友。"山涛说："他们也常常认为我的气度胜人一筹。"

一二

王浑妻钟氏生女令淑①，武子为妹求简美对而未得②，有兵家子，有俊才，欲以妹妻之，乃白母。曰："诚是才者，其地可遗③，然要令我见。"武子乃令兵儿与群小杂处，使母帷中察之。既而母谓武子曰："如此衣形者，是汝所拟者非邪？"武子曰："是也。"母曰："此才足以拔萃，然地寒④，不有长年，不得申其才用。观其形骨，必不寿，不可与婚。"武子从之。兵儿数年果亡。

【注释】

①令淑：美貌善良。

②武子：王济，字武子。简：选择。美对：好的配偶。

③地：出身门第。遗：忽略，抛开。

④地寒：门第寒微。

【译文】

王浑妻钟氏生的女儿美丽贤淑，王济为妹妹寻找挑选好配偶而不得，有一位当兵人家的儿子，才干出众，王济想把妹妹嫁给他，于是禀告母亲。母亲说："如果他确有才干的话，他的出身门第可以忽略不计，但要让我亲自看看。"王济就让此人与其他老百姓混杂在一起，让母亲在帷幕中观察。看过后母亲对王济说："穿这种衣服如此形状的人，就是你准备选取的人吗？"王济说："是的。"母亲说："这人的才干称得上超群，但是他的门第寒微，不能长寿也就不可能施展他的才干。看他的形貌骨相，必定不能长寿，不可与他结亲。"王济听从了她的话。这个人几年后果然死了。

一三

贾充前妇①，是李丰女②。丰被诛，离婚徙边，后遇赦得还。充先已取郭配女③，武帝特听置左右夫人④。李氏别住外，不肯还充舍。郭氏语充，欲就省李，充曰："彼刚介有才气⑤，卿往不如不去。"郭氏于是盛威仪，多将侍婢。既至，入户，李氏起迎，郭不觉脚自屈，因跪再拜。既反，语充，充曰："语卿道何物⑥？"

【注释】

①贾充：字公闾，平阳襄陵（今属山西）人。三国魏

时任大将军司马，廷尉，为司马氏心腹。晋初任司空、侍中、尚书令，一女为太子妃，一女为齐王妃。

②李丰：字安国，仕魏至中书令，因忠于曹魏，被司马昭所杀。李丰女，名扶，其女为齐王妃。

③郭配：字仲南，三国魏人，官至城阳太守。郭配女，名玉璜，后封广城君，史称其"性妒忌"，其女为太子妃。

④听：准许。

⑤刚介：刚强耿直。

⑥何物：什么。当时的口语。

【译文】

贾充的前妻是李丰的女儿。李丰被杀后，她与贾充离了婚被流放到了边远地方，后来遇赦得以回来。贾充在这之前已经娶了郭配之女为妻，晋武帝特别准许贾充设置左右两位夫人。李氏住在外边，不肯回到贾充的住处。郭氏对贾充说，想去探望李氏，贾充说："她的性子刚直又有才气，你去看望她还不如不去。"郭氏于是盛装打扮，带了很多侍婢。到后进门，李氏起身相迎，郭氏不知不觉地双腿弯曲，就跪了下去行再拜之礼。回到家后，她把情况告诉贾充，贾充说："我曾对你说过什么？"

一五

王汝南少无婚①，自求郝普女②。司空以其痴③，会无婚处④，任其意便许之。既婚，果有令姿淑德。生东海⑤，遂为王氏母仪。或问汝南："何以知之？"

曰："尝见井上取水，举动容止不失常，未尝忤观⑥，以此知之。"

【注释】

①王汝南：王湛。性少言语，人以为痴。

②郝普：字道匡，太原襄城（今属山西）人，官洛阳太守。

③司空：指王昶，字文舒，王湛之父，官至司空。

④会：反正，终究。婚处：婚配对象。

⑤东海：指王承，他曾任东海郡太守，故称。

⑥忤观：逆视，举目直视。

【译文】

　　王湛年轻时未及订婚，便自己去求娶郝普之女为妻。父亲王昶认为他痴呆，反正也没人与他结婚，便任凭他自己的意思答应了。结婚之后，新娘子果然有美好的容貌贤淑的品德。生下王承之后，她便成为王氏门中为人之母的典范。有人问王湛："你是怎么了解她的？"王湛说："我曾见她在井上汲水，举止容仪没有不守规矩的地方，从不举目直视，由此就知道她的为人了。"

一八

　　周浚作安东时①，行猎，值暴雨，过汝南李氏。李氏富足，而男子不在。有女名络秀，闻外有贵人，与一婢于内宰猪羊，作数十人饮食，事事精办，不闻有人声。密觇之②，独见一女子，状貌非常。浚因求为姜，父兄不许。络秀曰："门户殄瘁^③，何惜一女？若连姻贵族，将来或大益。"父兄从之。遂生伯仁兄弟^④。络秀语伯仁等："我所以屈节为汝家作姜，门户计耳。汝若不与吾家作亲亲者^⑤，吾亦不惜余年^⑥！"伯仁等悉从命。由此李氏在世，得方幅齿遇^⑦。

【注释】

①周浚：字开林，汝南安成（今属河南）人。仕魏为扬州刺史，平吴有功，封成武侯。晋武帝时为侍中，后代替王浑都督扬州诸军事，加安东将军。

②觇（chān）：看，窥视。

③殄瘁（tiǎncuì）：败落。殄，尽。瘁，病。

④伯仁兄弟：指周颛、周嵩、周谟。周颛，字伯仁。

⑤亲亲：亲戚。

⑥不惜余年：不爱惜晚年，指不如死掉算了。

⑦方幅：当时口语，指正当、正式。齿遇：受到礼遇。

【译文】

　　周浚任安东将军时，出外打猎，正遇上暴雨，经过汝南李家。李家家境富足，但男主人不在家。有个女儿，名叫络秀，听到外面有贵客来了，她与一个婢女在内院宰杀猪羊，做了几十个人的饮食，每件事都办得精细周到，听不到一点声音。周浚暗中察看，只见一位女子，相貌不同一般。周浚于是求娶她为小姜，她的父亲、兄弟不答应。络秀说："我家门第低微，何必珍惜一个女儿？如果与贵族结成婚姻，将来也许有很大的好处。"她父亲兄长就听从了她的意思。婚后便生下周颢兄弟。络秀对周颢兄弟说："我委屈自己嫁到你们家作小妾，是为我家的门第考虑。你们如不与我家做亲戚，我也不会爱惜自己的晚年！"周颢兄弟都听从母亲的话。因此李家在社会上得到了很好的礼遇。

一九

陶公少有大志①，家酷贫，与母湛氏同居②。同郡范逵素知名③，举孝廉，投侃宿。于时冰雪积日，侃室如悬磬④，而逵马仆甚多。侃母湛氏语侃曰："汝但出外留客，吾自为计。"湛头发委地，下为二髲⑤，卖得数斛米⑥；斫诸屋柱，悉割半为薪；锉诸荐⑦，以为马草。日夕，遂设精食，从者皆无所乏。逵既叹其才辩，又深愧其厚意。明旦去，侃追送不已，且百里许。逵曰："路已远，君宜还。"侃犹不返。逵曰："卿可去矣。至洛阳，当相为美谈。"侃乃返。逵及洛，遂称之于羊晫、顾荣诸人⑧。大获美誉。

【注释】

①陶公：陶侃。

②湛（zhàn）氏：陶侃之母，豫章新淦（今属江西）人。

③范逵：鄱阳（今属江西）人，闻名乡里，与陶侃友善。

④室如悬磬：形容室内空无所有，如悬挂的石磬一样。

⑤髲（bì）：假发。

⑥斛（hú）：量器名，古以十斗为斛，后又以五斗为斛。

⑦剉（cuò）：铡碎。荐：草垫。

⑧羊晫（zhuō）：又作"杨晫"，历仕豫章郎中令、十郡中正。顾荣：字彦先，在吴为黄门郎，归晋后，官尚书郎等。晋元帝镇江东时，他曾为军司马，死后追赠骠骑将军。

【译文】

陶侃年轻时就有远大的志向，家里极其贫困，与母亲湛氏住在一起。同郡人范逵一向很有名声，被荐举为孝廉，到陶侃家投宿。当时接连几天都有冰雪，陶侃家一无所有，而范逵的马匹仆从很多。陶侃母亲湛氏对陶侃说："你只管出去把客人留下来，我自然会想办法的。"湛氏的头发很长可以垂到地上，便剪下头发做成两段假发，换来了几斛米；砍掉房柱，都一劈为二当柴烧；铡碎草垫子，用来作喂马的草料。到了晚上，便准备好了精美的食物，连随从都得到了周到的招待。范逵赞叹陶侃的能力与辩才，又感激他的深厚情谊。第二天走时，陶侃一路追着送行不肯停下，送出将近百里多地。范逵说："送出这么远了，你应该回去了。"陶侃还是不肯回去。范逵说："你可以回去了，到了洛阳，我定会为您美言的。"陶侃这才回去。范逵到了洛阳，便在羊晫、顾荣这些名士面前称赞陶侃，陶侃因此便获得了极大的美誉。

二一

桓宣武平蜀^①，以李势妹为妾，甚有宠，常著斋后^②。主始不知^③，既闻，与数十婢拔白刃袭之。正值李梳头，发委藉地，肤色玉曜，不为动容。徐曰："国破家亡，无心至此，今日若能见杀，乃是本怀^④。"主惭而退。

【注释】

①桓宣武：桓温。

②著：安置。

③主：公主，指桓温妻晋明帝女南康长公主。

④本怀：本愿，本意。

【译文】

桓温平定成汉后，娶了汉主李势的妹妹为妾，非常宠爱她，常把她安置在书斋后面住。他的妻子南康公主起初不知道，听到消息后，就带了几十个婢女拔出刀子去袭击她。正遇上李氏在梳头，头发下垂铺到了地上，肤色如白玉般明亮，一点都不惊慌，缓缓地说："国破家亡，我也无意到这里，今天如被杀，正是我的本愿。"公主惭愧地退了出来。

二六

王凝之谢夫人既往王氏^①，大薄凝之^②。既还谢家，意大不说。太傅慰释之曰^③："王郎，逸少之子^④，人身亦不恶^⑤，汝何以恨乃尔？"答曰："一门叔父，则有阿大、中郎⑥；群从兄弟⑦，则有封、胡、遏、末⑧。不意天壤之中，乃有王郎！"

【注释】

①谢夫人：王凝之妻谢道韫，谢安侄女。往：指嫁出去。

②薄：轻视。

③太傅：谢安。

④逸少：王羲之。

⑤人身：指人的品貌、才干等等。

⑥阿大：指谢尚，谢安从兄。中郎：指谢安的二哥谢据。

⑦群从：指同族兄弟。

⑧封：谢韶，字穆度，小字封，官至车骑将军。胡：谢朗的小字。遏：谢玄的小字。末：谢渊，字叔度，小字末，官至义兴太守。

【译文】

王凝之夫人谢道韫嫁到王家后，非常瞧不起王凝之，回到谢家，她心里很不高兴。谢安宽慰劝解道："王郎是王羲之的儿子，人品、才干也不坏，你为什么会遗憾到如此地步？"她答道："我们谢家一门叔父中，有阿大、中郎；同族兄弟中，又有封、胡、遏、末。想不到天地之间，竟有王郎这样的人！"

术解第二十

术解，指通晓各种技艺，包括占卜、风水、医药、音乐等。魏晋时期占卜、风水之学大盛，很多士人都以卜筮闻名，郭璞甚至为后世阴阳家奉为祖师。

本篇共有 11 则，大多涉及卜筮，迷信色彩较为浓厚。本书节选其中 2 则。

一

荀勖善解音声①，时论谓之闇解②。遂调律吕③，正雅乐。每至正会④，殿庭作乐，自调宫商⑤，无不谐韵。阮咸妙赏⑥，时谓神解。每公会作乐，而心谓之不调，既无一言直勖⑦。意忌之，遂出阮为始平太守⑧。后有一田父耕于野，得周时玉尺，便是天下正尺⑨。荀试以校己所治钟鼓、金石、丝竹，皆觉短一黍⑩，于是伏阮神识。

【注释】

①荀勖（xù）：字公曾，颖川颍阴（今属河南）人。晋时官中书监，加侍中，领著作。又掌乐事，修律吕，行于世。

②闇解：精通。闇，深。

③律吕：古代乐律有阴阳十二律，阳六为律，阴六为吕，合称律吕。

④正（zhēng）会：又称元会，元旦朝会，指正月初一日皇帝朝会群臣。

⑤宫商：古以宫、商、角、徵、羽代表五个不同的音阶，此泛指五音。

⑥阮咸：字仲容，阮籍的从子。在晋官始平太守。阮咸善弹琵琶，精通音律，据说他改造了从龟兹传入的琵琶，后世称之为阮咸，简称阮。

⑦既：竟然。直：认为正确。

⑧始平：郡名。治所在槐里（今属陕西）。

⑨正尺：标准尺。

⑩黍（shǔ）：古长度单位。一黍为一分，百黍为尺。

【译文】

荀勖擅长音乐声律，当时人称为"闇解"。他于是调整乐律，校正雅乐。每到正月元旦聚会时，在殿堂奏乐，他自己亲自调整五音，都能音韵和谐。阮咸在音乐上有着极佳的欣赏能力，当时人称为"神解"。每当因公事聚会奏乐时，阮咸都认为乐声不协调，竟然没有一句肯定荀勖的话。荀勖心中忌恨，便把阮咸调出朝廷去当始平太守。后来有一个农夫在田野耕地时，得到一把周代的玉尺，这便是天下的标准尺。荀勖试着用它来校正自己所制作的钟鼓、金石、丝竹等乐器，发现都短了一黍，于是才佩服阮咸见识高超。

一〇

郗愔信道甚精勤①，常患腹内恶，诸医不可疗，闻于法开有名，往迎之。既来，便脉云："君侯所患②，正是精进太过所致耳。"合一剂汤与之。一服即大下③，去数段许纸④，如拳大，剖看，乃先所服符也。

【注释】

①道：指天师道。

②君侯：对高官或士大夫的尊称。

③大下：大泻。

④去：指泻出。

【译文】

　　郗愔信奉天师道非常专心勤奋，他常常感到腹内不舒服，很多医生都治不好，听说于法开有名气，就去接他来治病。于法开来了以后，就为他把脉诊断病情，说："君侯所患的病，正是修炼太过分所造成的。"便调配了一剂汤药给他服用。服后立刻大泻，泻出了好几段像拳头大小的纸团，剖开来看，竟然是先前所吞服的符箓。

巧艺第二十一

　　巧艺，指精巧的技艺。《后汉书·伏无忌传》刘昭注："艺谓书、数、射、御，术谓医、方、卜、筮。"所以，这里所说的"艺"，主要属于艺术的范畴。

　　本篇共有 14 则，记载了魏晋士人在绘画、书法、棋艺、建筑等方面的精巧技艺。本书节选了其中 7 则。

一

弹棋始自魏①，宫内用妆奁戏②。文帝于此戏特妙③，用手巾角拂之，无不中。有客自云能，帝使为之。客著葛巾角④，低头拂棋，妙逾于帝。

【注释】

①弹棋：魏晋时的一种博戏。一般为二人对局，白黑棋各六枚，先列棋相当，以手指或他物弹动己方棋子碰撞对方棋子，进而攻破对方棋门。有人说此戏始于汉元帝、成帝时。

②用妆奁戏：指以宫女梳妆用的金钗、玉梳等放在梳妆盒上当作游戏的器具。

③文帝：魏文帝曹丕。

④葛巾：用葛布制成的头巾。

【译文】

弹棋的游戏从魏开始，宫女们在梳妆盒上用金钗、玉梳等作弹棋的器具来游戏。魏文帝对这种游戏玩得特别精妙，他用手巾角来碰弹，没有不击中的。有位客人自称很会玩，文帝便让他来表演。客人低头用戴的葛布头巾角碰触棋子，比文帝更为巧妙。

二

陵云台楼观精巧①，先称平众木轻重，然后造构，乃无锱铢相负揭②。台虽高峻，常随风摇动，而终无倾倒之理。魏明帝登台，惧其势危，别以大材扶持之，楼即颓坏。论者谓轻重力偏故也。

【译文】

陵云台的楼台观舍设计精巧，建造时先称量所用木材
的轻重分量，然后才建造构筑，竟然没有丝毫的误差。楼
台虽然高峻，常常随着风力而摇动，但始终没有倾倒的可
能。魏明帝登上楼台时，怕高峻的楼台有危险，另外用大
木材来支撑它，楼台立即就坍塌了。议论者都说这是轻重
失去了平衡的缘故。

三

韦仲将能书①。魏明帝起殿，欲安榜②，使仲将
登梯题之。既下，头鬓皓然，因敕儿孙勿复学书。

【注释】

①韦仲将：韦诞，字仲将，京兆杜陵（今属陕西）人，
善写文章，仕魏至光禄大夫。善楷书，魏宫观多其
所题。

②安榜：安放匾额。榜，匾额。

【译文】

韦诞擅长书法。魏明帝建造宫殿，想安放匾额，让韦诞登上梯子题写匾额。题好字下来后，韦诞的鬓发都变得雪白了，于是他告诫儿孙们今后不要再学书法了。

四

钟会是荀济北从舅①，二人情好不协②。荀有宝剑，可直百万，常在母钟夫人许。会善书，学荀手迹，作书与母取剑，仍窃去不还③。荀勖知是钟而无由得也，思所以报之。后钟兄弟以千万起一宅，始成，甚精丽，未得移住。荀极善画，乃潜往画钟门堂④，作太傅形象⑤，衣冠状貌如平生。二钟入门⑥，便大感恸，宅遂空废。

【注释】

①钟会：字士季，颍川长社（今属河南）人，博学善名理。仕魏官司隶校尉。景元中，与邓艾平蜀，官至司徒，后以谋反罪被杀。荀济北：荀勖，晋时封济北郡公，故称。

②情好：交情，友谊。

③仍：就，于是。

④门堂：指门侧堂屋。

⑤太傅：钟繇，钟会和钟毓的父亲。

⑥二钟：指钟会和钟毓兄弟二人。

　　锺会是荀勖的堂舅，两人的感情不和。荀勖有一把宝剑，价值百万，平常放在母亲锺夫人处。锺会擅长书法，就模仿荀勖的笔迹，写信给荀勖母亲要宝剑，于是骗走了宝剑不还。荀勖知道是锺会干的，却无法取回来，于是就想办法报复他。后来锺会兄弟用千万钱建起一座宅院，刚建成，十分精致美丽，还没有搬进去住。荀勖非常擅长绘画，便偷偷地到锺会新宅的门侧堂屋，画了太傅锺繇的像，衣冠容貌就像生前一样。锺氏兄弟进门看见，于是大为感伤极度悲痛，这座宅院便从此废弃不用了。

六

　　戴安道就范宣学[①]，视范所为，范读书亦读书，范抄书亦抄书。唯独好画，范以为无用，不宜劳思于此。戴乃画《南都赋图》，范看毕咨嗟[②]，甚以为有益，始重画。

【注释】

　①戴安道：戴逵。范宣：字宣子，东晋陈留（今属河南）人。性喜隐遁，不就征辟。言谈不涉老庄，以讲授儒学为业，精于“三礼”。

　②咨嗟：赞叹。

【译文】

　　戴逵向范宣学习，一切看范宣所做的来模仿，范宣读书他也读书，范宣抄书他也抄书，只是他偏好绘画，范宣认为没有什么用处，不应该在这上面花费心思。戴逵就画了一幅《南都赋图》，范宣看完后很是赞赏，认为很有益处，这才重视绘画了。

一一

顾长康好写起人形^①，欲图殷荆州^②，殷曰："我形恶^③，不烦耳。"顾曰："明府正为眼尔。但明点童子，飞白拂其上^④，使如轻云之蔽日。"

【注释】

①顾长康：顾恺之，字长康，小字虎头，晋无锡（今属江苏）人。曾作桓温、殷仲堪参军，后官至散骑常侍。博学有才气，尤善绘画，凡人物、佛像、禽兽、山水皆能，著有《论画》《魏晋胜流画赞》《画云台山记》三篇画论传世，他提出的"迁想妙得""以形写神"等著名论点，对中国绘画的发展有深远影响。写：描摹。

②殷荆州：殷仲堪。

③形恶：形象丑陋。殷仲堪瞎了一只眼睛。

④飞白：中国画的一种笔法，线条枯笔露白。

【译文】

顾恺之喜爱画人物画，想给殷仲堪画像，殷仲堪说："我形貌丑陋，就不麻烦你了。"顾恺之说："您只是为了眼睛的缘故罢了。这只需清晰地点上瞳子，用飞白的笔法在上面轻轻拂拭，使得眼部好像轻云遮住太阳一样。"

十三

顾长康画人，或数年不点目精①。人问其故，顾曰："四体妍蚩②，本无关于妙处；传神写照，正在阿堵中。"

【注释】

①目精：眼中的瞳孔。

②四体：人的四肢。妍（yán）蚩：美丑。

【译文】

顾恺之画人，有时几年都不点上眼珠。有人问他是什么缘故，顾恺之说："人的四肢美丑，原本就与画的精妙无关；传达人的精神面貌，正是在这个点睛之中。"

宠礼第二十二

宠礼，指宠信和礼遇。

本篇共有 6 则，本书节选了其中 2 则。

一

元帝正会①，引王丞相登御床②，王公固辞，中宗引之弥苦③。王公曰："使太阳与万物同辉，臣下何以瞻仰？"

【注释】

①正会：指正月初一的朝会。

②王丞相：王导。御床：皇帝的坐卧之榻。

③中宗：晋元帝的庙号。

【译文】

晋元帝在正月初一朝会时，拉着王导一起坐皇帝的御座，王导坚决辞让，元帝拉着他更加恳切。王导说："让太阳和万物发出同样的光辉，那么叫我们臣下怎么样仰视瞻望呢？"

五

孝武在西堂会①，伏滔预坐。还，下车呼其儿，语之曰："百人高会，临坐未得他语，先问：'伏滔何在？在此不？'此故未易得。为人作父如此，何如？"

【注释】

①孝武帝：东晋孝武帝司马曜。西堂：皇宫厅堂名。指太极殿的西厅。

【译文】

孝武帝在太极殿的西厅聚会，伏滔也在座。回家一下车就叫他儿子，对儿子说："上百人的盛会，皇上莅临就位没有说别的话，先就问：'伏滔在哪里？在这里吗？'这样的宠幸实在不容易得到。为人在世，做父亲的能够如此，怎么样？"

任诞第二十三

　　任诞，指任性放达。魏晋士人不满于旧礼教的束缚，追求个性之自由和精神之解放，形成了"指礼法为俗流，目纵诞以清高"的风尚。任诞的表现形式多半离不开饮酒。饮酒不但是魏晋风度的核心内容之一，还是士人消灾避祸的重要手段。所以，魏晋士人盛行任诞之风，既可视作是对旧礼制的反抗，也可视作是对当时险恶政治环境的逃避。

　　本篇共有 54 则，反映了魏晋士人纵酒放达、诋毁礼教、愤世嫉俗、傲骨铮铮的精神面貌。本书节选了其中 21 则。

一

　　陈留阮籍、谯国嵇康、河内山涛①，三人年皆相比②，康年少亚之。预此契者③，沛国刘伶、陈留阮咸、河内向秀、琅邪王戎④。七人常集于竹林之下，肆意酣畅，故世谓"竹林七贤"。

【注释】

①陈留：郡名。治所在陈留县（今属河南）。谯国：谯郡，治所在谯县（今属安徽）。河内：郡名。治所在野王县（今属河南）。

②比：接近。

③预：参与。契：约会，聚会。

④沛国：沛郡，治所在相县（今属安徽）。刘伶：字伯伦。曾为建威将军，后被罢免。向秀：字子期，河内怀（今属河南）人。官至黄门侍郎、散骑常侍。曾为《庄子》作注，未完而卒。琅邪：郡名。治所在今山东胶南诸城一带。

【译文】

　　陈留阮籍、谯国嵇康、河内山涛，三个人的年龄都相近，嵇康的年龄稍小些。参加这些人聚会的还有沛国刘伶、陈留阮咸、河内向秀、琅邪王戎。七个人常常在竹林下聚集，纵情地畅饮，所以当时人称他们为"竹林七贤"。

二

　　阮籍遭母丧，在晋文王坐，进酒肉。司隶何曾亦在坐^①，曰："明公方以孝治天下，而阮籍以重丧，显于公坐饮酒食肉^②，宜流之海外，以正风教。"文王曰："嗣宗毁顿如此^③，君不能共忧之，何谓？且有疾而饮酒食肉，固丧礼也^④。"籍饮啖不辍，神色自若。

【注释】

①何曾：字颖考，官司隶校尉。晋初，官至侍中、太保，后进位太傅。

②显：公开。

③嗣宗：阮籍，字嗣宗。毁顿：因哀伤过度而导致身体毁损，精神困顿。

④"有疾而饮酒"两句：见《礼记·曲礼上》："居丧之礼，头有创则沐，身有疡则浴，有疾则饮酒食肉，疾止复初。不胜丧，乃比于不慈不孝。"

【译文】

阮籍在母亲去世服丧期间，在晋文王宴席上饮酒吃肉。司隶校尉何曾也在座，对晋文王说："您正以孝道治理天下，但阮籍重丧在身，却公然在您的宴席上饮酒吃肉，应当把他流放到边远地区，以端正风俗教化。"文王说："嗣宗哀伤过度以致萎靡困顿成这个样子，你不能一同为他担忧，是为什么呢？况且居丧期间因病而饮酒吃肉，这本来就是符合丧礼的。"当时阮籍吃喝不停，神色和往常一样。

三

刘伶病酒^①，渴甚，从妇求酒。妇捐酒毁器^②，涕泣谏曰："君饮太过，非摄生之道^③，必宜断之！"伶曰："甚善。我不能自禁，唯当祝鬼神，自誓断之耳。便可具酒肉。"妇曰："敬闻命。"供酒肉于神前，请伶祝誓。伶跪而祝曰："天生刘伶，以酒为名^④，一饮一斛，五斗解酲^⑤。妇人之言，慎不可听！"便引酒进肉，隗然已醉矣^⑥。

【注释】

①病酒：饮酒过量而引起身体不适。

②捐：丢弃。

③摄生：保养身体。

④名：通"命"，性命。

⑤酲（chéng）：酒病，醉酒后神志处于模糊状态。

⑥隗（wěi）：倾颓。

【译文】

刘伶因饮酒过度而得病，异常口渴，就向妻子讨酒喝。他妻子把酒倒掉，把酒器毁坏，哭着劝道："你喝酒过度，这不是养生的办法，必须要把酒戒掉！"刘伶说："很好。但我不能控制自己，只能向鬼神祷告，自己发誓来戒掉酒瘾。你就准备祭祝用的酒肉吧。"他妻子说："我听你的吩咐。"于是把酒肉供在神前，请刘伶去祷告发誓。刘伶跪着说："天生我刘伶，酒是我的命。一次喝一斛，五斗消酒病。妇人的话，千万不能听。"说完拿起酒肉就吃喝起来，很快就醉倒了。

六

刘伶恒纵酒放达，或脱衣裸形在屋中。人见讥之，伶曰："我以天地为栋宇，屋室为裈衣^①，诸君何为入我裈中？"

【注释】

①裈：裤子。

【译文】

刘伶常常纵情饮酒，任性放诞，有时脱掉衣服，赤身裸体呆在屋中。有人看到后讥笑他，刘伶说："我把天地当房子，把房屋当裤子，你们诸位为什么跑进我裤子中来？"

八

阮公邻家妇有美色^①，当垆酤酒^②。阮与王安丰常从妇饮酒^③，阮醉，便眠其妇侧。夫始殊疑之，伺察，终无他意。

【注释】

①阮公：阮籍。

②酤（gū）：卖。

③王安丰：王戎。

【译文】

阮籍邻家的妇人姿色美丽，在酒垆边卖酒。阮籍与王戎常常到妇人那里饮酒，阮籍喝醉了，就睡在妇人身旁。她丈夫开始很怀疑他，暗中观察后，发现他始终没有其他的意图。

一〇

阮仲容、步兵居道南^①，诸阮居道北；北阮皆富，南阮贫。七月七日，北阮盛晒衣^②，皆纱罗锦绮。仲容以竿挂大布犊鼻裈于中庭^③，人或怪之，答曰："未能免俗，聊复尔耳！"

【注释】

①阮仲容：阮咸。步兵：阮籍。

②晒衣：古时习俗，七月初七晒衣服或书籍，以防虫蛀。

③大布：粗布。犊（dú）鼻裈：一种干杂活时穿的裤裙，无裆，形如小牛鼻。或说即围裙。

【译文】

阮咸、阮籍居住在路南，其他阮姓人住在路北；住在路北的阮姓人都很富有，住在路南的则很贫穷。七月七日，路北的阮姓人大晒衣物，都是绫罗绸锻。阮咸就在庭院中用竹竿挂了一条粗布犊鼻裈，有人对他的做法很奇怪，他答道："我不能免俗，姑且再这样应付一回罢了！"

一二

诸阮皆能饮酒^①，仲容至宗人间共集^②，不复用常杯斟酌，以大瓮盛酒，围坐，相向大酌。时有群猪来饮，直接去上，便共饮之。

【注释】

①诸阮：指阮氏同族人。

②仲容：阮咸字仲容。

【译文】

阮氏家族的人都能喝酒，阮咸到同族人当中聚会，不再用一般的杯子来喝酒，而是用大瓮来盛酒，大家一起围坐，面对面地痛饮。当时有很多猪也来喝酒，它们直接就凑了上去，于是人和猪就在一起喝酒。

一八

阮宣子常步行①，以百钱挂杖头，至酒店，便独酣畅，虽当世贵盛，不肯诣也。

【注释】

①阮宣子：阮修，字宣子，阮籍从子，善清谈，任诞不预俗务。

【译文】

阮修经常徒步出游，在手杖头上挂上一百个铜钱，到了酒店就独自开怀畅饮。哪怕是当朝的权贵，他也不肯去拜访。

一九

山季伦为荆州①，时出酣畅，人为之歌曰："山公时一醉，径造高阳池②，日莫倒载归，茗艼无所知③。复能乘骏马，倒著白接䍦④，举手问葛彊⑤，何如并州儿？"高阳池在襄阳。彊是其爱将，并州人也。

【注释】

①山季伦：山简，字季伦，山涛子。历官荆州刺史、征南将军等。史称其优游卒岁，唯酒是耽。

②高阳池：池在襄阳，本为汉侍中习郁所修养鱼池，是游乐之所。山简镇襄阳时常到此饮酒，呼之为高阳池，意即酒池。高阳，酒徒代名词。

③"日莫"两句：日莫，即日暮。茗艼，即酩酊，大醉的样子。

④接䍦：古代男人戴的一种帽子。

⑤葛彊：山简手下爱将，并州（今属山西）人。

【译文】

山简做荆州刺史的时候经常出去痛饮，人们为他编了首歌谣："山公时一醉，径造高阳池。日莫倒载归，茗艼无所知。复能乘骏马，倒著白接䍦。举手问葛彊，何如并州儿？"高阳池在襄阳。葛彊是山简的爱将，并州人。

二〇

张季鹰纵任不拘①，时人号为"江东步兵"。或谓之曰："卿乃可纵适一时，独不为身后名邪？"答曰："使我有身后名，不如即时一杯酒！"

【注释】

①张季鹰：张翰，字季鹰。

【译文】

张翰任性放纵不拘礼法，当时人把他称为"江东步兵"。有人对他说："你可以纵情享乐于一时，怎么就不为身后的名声考虑呢？"张翰回答说："让我有身后的名望，还不如现在给我一杯酒呢。"

二二

贺司空入洛赴命①，为太孙舍人②，经吴阊门③，在船中弹琴。张季鹰本不相识，先在金阊亭④，闻弦甚清，下船就贺，因共语，便大相知说。问贺："卿欲何之？"贺曰："入洛赴命，正尔进路。"张曰："吾亦有事北京⑤。"因路寄载，便与贺同发。初不告家，家追问乃知。

【注释】

①贺司空：贺循。赴命：接受任命。

②太孙舍人：应是"太子舍人"之误，皇太子属官。

③吴阊门：古代吴县（今属江苏）城门名。因似天门之有阊阖，故名阊门。

④金阊亭：亭名。在古吴县阊门外。因位置在城西，又靠近阊门，故名金阊。金，五行之一，代表西方。

⑤北京：指京城洛阳。

【译文】

贺循到洛阳去接受任命，担任太子舍人，经过吴县的阊门时，他在船中弹琴。张翰本来和他不相识，在金阊亭听到琴声非常清雅，便下到船中去拜访贺循，于是一同交谈，马上就互相赏识。张翰问贺循："您准备到什么地方去？"贺循说："到洛阳接受任命，现在是在去的路上。"张翰说："我也有事要到洛阳去。"于是搭了船，与贺循一同进发。一开始张翰没有告诉家人，等家人追问，才知道原委。

二三

祖车骑过江时①，公私俭薄②，无好服玩③。王、庾诸公共就祖④，忽见裘袍重叠，珍饰盈列。诸公怪问之，祖曰："昨夜复南塘一出⑤。"祖于时恒自使健儿鼓行劫钞⑥，在事之人亦容而不问⑦。"

【注释】

①祖车骑：祖逖，字士稚，范阳遒县（今属河北）人。西晋末，率部曲百余家渡江，以恢复中原为己任。元帝时为豫州刺史，率部北伐，中流击楫而誓，后忧愤而死。

②公私俭薄：公库私府都不丰裕。

③服玩：服饰玩物。

④王、庾诸公：指王导、庾亮等。

⑤南塘：地名。在东晋都城建康秦淮河南岸。一出：去一遭，到一趟。

⑥鼓行：古代行军，击鼓则进，鸣金则退，因称行进
　　为鼓行。此指公开进行。

⑦在事之人：指负责官员。

【译文】

　　祖逖渡江南下的时候，公私的资财都很匮乏，没有什么像样的服饰玩物。王导和庾亮等人一起去看祖逖，忽然看到他那里的皮袍裘衣堆得层层叠叠，珍贵饰物摆得满满当当。大家觉得奇怪，问他怎么回事，祖逖说："昨天晚上又到南塘去了一次。"祖逖在当时常常让部下去公开抢劫，而那些主政者也加以容忍，不去过问。

二四

　　鸿胪卿孔群好饮酒①，王丞相语云："卿何为恒饮酒？不见酒家覆瓿布②，日月糜烂？"群曰："不尔。不见糟肉乃更堪久？"群尝书与亲旧："今年田得七百斛秫米③，不了曲糵事④。"

【注释】

①鸿胪卿：官名。掌朝贺庆吊等礼仪。孔群：字敬林，
　会稽山阴（今属浙江）人。曾任鸿胪卿、御史中丞
　等职。

②瓿（bù）：古代一种瓦器。此指陶制盛酒器。

③秫（shú）米：高粱。

④曲糵（niè）：酒母，即酿酒用的发酵物。这里指
　酿酒。

【译文】

鸿胪卿孔群好饮酒，王导对他说："你为什么一直要喝酒？难道没看见酒家盖在酒瓮上的布，时间长了就会腐烂么？"孔群说："并非如此。你没看到糟过的肉可以耐久不坏么？"孔群曾经写信给亲朋好友说："今年田里只收了七百斛高粱，还不够酿酒用的。"

二八

周伯仁风德雅重①，深达危乱。过江积年，恒大饮酒，尝经三日不醒。时人谓之"三日仆射"。

【注释】

①周伯仁：周颉。

【译文】

周颉品德高尚而庄重，能洞察危机。渡江南下多年后，经常尽情饮酒，曾经喝醉了三天不醒。当时人称他是"三日仆射"。

三〇

苏峻乱，诸庾逃散①。庾冰时为吴郡②，单身奔亡。民吏皆去，唯郡卒独以小船载冰出钱塘口，籧篨覆之③。时峻赏募觅冰，属所在搜检甚急④。卒舍船市渚，因饮酒醉，还，舞棹向船曰："何处觅庾吴郡，此中便是！"冰大惶怖，然不敢动。监司见船小装狭，谓卒狂醉，都不复疑。自送过浙江⑤，寄山阴魏家，得免。后事平，冰欲报卒，适其所愿。卒曰："出自厮下⑥，不愿名器⑦。少苦执鞭⑧，恒患不得快饮酒；使其酒足余年，毕矣。无所复须。"冰为起大舍，市奴婢，使门内有百斛酒，终其身。时谓此卒非唯有智，且亦达生。

【注释】

①诸庾：庾亮等庾家诸兄弟。

②为吴郡：做吴郡内史。

③籧篨（qúchú）：用芦苇或竹篾编的粗席。

④属：嘱。所在：各处，到处。

⑤自：已然。浙江：即浙江。

⑥厮下：指地位卑微、低贱的仆役。

⑦名器：名，指爵位。器，指车服仪制。

⑧执鞭：喻供人驱使。

【译文】

苏峻作乱，庾氏兄弟们四处逃散，庾冰当时是吴郡太守，只身逃亡。他的手下都离他而去，只有一个郡府的差役用小船载着庾冰逃出钱塘江口，用粗竹席遮盖着他。当时苏峻悬赏捉拿庾冰，命令部下到处紧急搜查。差役把船靠在江中沙洲边就下船去买东西，喝醉了酒回来，挥舞着船桨指着船说："上哪去找庾吴郡？这里面就是。"庾冰大为惊恐，但躲着又不敢动。搜捕的人见船只狭小，认为差役喝醉了在发酒疯，全都不再怀疑。差役把庾冰送过钱塘江，寄居在山阴魏家，得以幸免。后来叛乱平息，庾冰准备报答差役，想要满足他的愿望。差役说："我出身仆役，不想做官。从小就苦于被人差使，常常不能痛快地喝酒。如果让我有足够多的酒度过余生，我就满足了，也就没有其他要求了。"庾冰于是给他盖了大房子，买了奴婢，为他准备了上百斛酒，供养他一辈子。当时人认为这个差役不但有智谋，而且也有着达观的人生态度。

三一

殷洪乔作豫章郡①，临去，都下人因附百许函书②。既至石头，悉掷水中，因祝曰："沉者自沉，浮者自浮，殷洪乔不能作致书邮③！"

【注释】

①殷洪乔：殷羡，字洪乔，中军将军殷浩之父。仕晋，官至豫章太守、光禄勋。

②都下：京城。

③致书邮：送信的邮差。

【译文】

殷羡任豫章太守，临行时京都人托他带了上百封信。船到了石头城后，他就把信全都扔到了江里，还祝祷说："要沉的总是要沉下去的，要浮的总是会浮上来的，我殷洪乔可不能做那信差。"

三二

王长史、谢仁祖同为王公掾①，长史云："谢掾能作异舞。"谢便起舞，神意甚暇。王公熟视，谓客曰："使人思安丰②。"

【注释】

①王长史：王濛。谢仁祖：谢尚。王公：王导。掾：官署属员。

②安丰：王戎。

【译文】

王濛和谢尚都是王导官署的属员，王濛说："谢大人会跳奇怪的舞蹈。"谢尚于是起身舞蹈起来，神态很是安详自得。王导注目仔细看着，对客人们说："他让我想起了安丰。"

三三

王、刘共在杭南①，酣宴于桓子野家②。谢镇西往尚书墓还③，葬后三日反哭④。诸人欲要之⑤，初遣一信⑥，犹未许，然已停车；重要，便回驾。诸人门外迎之，把臂便下。裁得脱帻⑦，著帽酣宴。半坐，乃觉未脱衰⑧。

【注释】

①王、刘：王濛、刘惔。杭南：即王、谢诸族所居之地。杭指东晋都城建康的朱雀航。王、谢诸名族所居乌衣巷，距朱雀航不远。

②桓子野：桓伊，字叔夏，小字子野。官至护军将军。

③谢镇西：谢尚。尚书：指谢裒（póu），字幼儒，谢安之父，谢尚从父，曾官侍中、吏部尚书。

④反哭：古代丧礼，埋葬后，丧主要奉神主返于庙而哭。灵柩由庙里抬出安葬，复神主于庙，故曰反哭。

⑤要：邀请。

⑥信：使者。

⑦裁得：才得以，才来得及。裁，通"才"。帻（zé）：巾帻，发巾。

⑧衰（cuī）：丧服。

【译文】

王濛、刘惔都住在朱雀航的南面，他们在桓伊家里宴会畅饮。谢尚到叔叔的墓前反哭后回来，大家想要邀请他来一起聚会，起初派了一个使者去请，谢尚没有答应，但车马已经停下来了；再次邀请，他立即掉转车头就来了。大家在门外迎接，他拉着别人的手臂就下了车。一脱去头巾，就换上便帽痛痛快快地喝了起来。吃喝到一半的时候，谢尚才发现自己还没脱丧服。

三四

桓宣武少家贫，戏大输①，债主敦求甚切。思自振之方，莫知所出。陈郡袁耽俊迈多能②，宣武欲求救于耽。耽时居艰③，恐致疑，试以告焉，应声便许，略无嫌吝。遂变服，怀布帽，随温去与债主戏。耽素有艺名，债主就局，曰："汝故当不办作袁彦道邪^④？" 遂共戏。十万一掷，直上百万数，投马绝叫^⑤，傍若无人，探布帽掷对人曰："汝竟识袁彦道不？"

【注释】

①桓宣武：桓温。戏：赌博。

②袁耽：字彦道，陈郡阳夏（今属河南）人。历官王导参军、历阳太守、从事中郎。

③居艰：居丧，服丧期中。

④不办作：不可能是。

⑤马：樗蒱之马。赌博时投掷，以决输赢。绝叫：大声喊叫。

【译文】

桓温年轻时家里贫穷，赌博输了很多钱，债主急着追讨赌债。桓温想要找到一个翻本的办法，可是却想不出来。陈郡袁耽为人豪爽，又多才多艺，桓温想求助于他。袁耽当时正在守孝期间，桓温担心他会为难，只能试着告诉他这件事。袁耽一听就答应了，一点为难的意思都没有。于是换上便装，怀揣着便帽，跟着桓温就走，和债主赌钱。袁耽在才艺方面向来就有名气，债主上了赌局后说："你或许不会像袁耽一样吧？"于是一起赌了起来。一掷十万，赌注一直加到了百万之数，袁耽投下筹码时高声喊叫，旁若无人，从怀里掏出布帽扔向对面的债主说："你到底认得袁耽吗？"

四一

　　襄阳罗友有大韵①，少时多谓之痴。尝伺人祠，欲乞食，往太蚤，门未开。主人迎神出见，问以非时何得在此，答曰："闻卿祠，欲乞一顿食耳。"遂隐门侧，至晓得食便退，了无怍容②。为人有记功③：从桓宣武平蜀，按行蜀城阙观宇，内外道陌广狭，植种果竹多少，皆默记之。后宣武溧洲与简文集④，友亦预焉。共道蜀中事，亦有所遗忘，友皆名列，曾无错漏。宣武验以蜀城阙簿，皆如其言，坐者叹服。谢公云："罗友讵减魏阳元⑤。"后为广州刺史，当之镇，刺史桓豁语令莫来宿⑥，答曰："民已有前期，主人贫，或有酒馔之费，见与甚有旧。请别日奉命。"征西密遣人察之⑦，至夕乃往荆州门下书佐家，处之怡然，不异胜达。在益州，语儿云："我有五百人食器。"家中大惊，其由来清，而忽有此物，定是二百五十沓乌樏⑧。

【注释】

①罗友：字宅仁，襄阳（今属湖北）人。嗜酒，放达。官至襄阳太守，广、益二州刺史。韵：风度，气质。

②怍容：惭愧的表情。

③记功：记忆力。

④溧洲：长江中的小洲。简文：指晋简文帝司马昱。

⑤讵：哪里，怎么。减：比……差。魏阳元：魏舒，字阳元。

⑥莫：即暮。

⑦征西：指桓豁。

⑧畚：食盒一具为一畚，犹今之言套。乌檑（lěi）：
　黑漆食盒。

【译文】

　　襄阳罗友，为人很有风度，年轻时别人多认为他痴呆。有一次他知道别人家祭祀就去守候，想要些吃的，去得太早，人家都还没开门。主人在迎神时出门看见他，问他还没到时候怎么就在这里了，他答道："听说您要祭祀，想来讨一顿饭罢了。"于是躲到门旁，到天亮讨得食物就走了，一点都没有惭愧的神色。他有很强的记忆力，跟从桓温平定蜀地的时候，他巡查蜀中各地的城池楼台屋宇，内外道路的阔狭，种植的果树竹子的多少，都能默记。后来桓温在溧州与简文帝会面，罗友也参加了。他们一起谈起蜀中的往事，已经有所遗忘，罗友全都条列名目，分毫不差。桓温用蜀城阙簿来验证，都跟他说的一样，在座的人无不叹服。谢安说："罗友不在魏舒之下。"后来罗友做了广州刺史，当他前往驻地时，荆州刺史桓豁让他路过时来住宿，他回答说："我已经有约在先了，那家主人穷，可能破费了准备酒菜的钱，而且我们的交情也不浅。请允许我改日再来拜访。"桓豁暗中派人观察，罗友到达荆州时，晚上竟然跑到桓豁下属的书佐家里去了，神情坦然自若，就像和名流相处一样。在益州的时候，他对儿子说："我有可供五百个人吃饭的餐具。"家里人都感到很吃惊，他一向很清贫，却突然有这些东西，一定是二百五十套黑漆食盒。

四七

　　王子猷居山阴①，夜大雪，眠觉，开室命酌酒，四望皎然。因起彷徨。咏左思《招隐》诗②，忽忆戴安道③。时戴在剡，即便夜乘小船就之。经宿方至，造门不前而返。人问其故，王曰："吾本乘兴而行，兴尽而返，何必见戴！"

【注释】

①王子猷（yóu）：王徽之。

②《招隐》：共两首，描写隐士生活。

③戴安道：戴逵。

【译文】

　　王徽之住在山阴的时候，一天夜里下起了大雪，他睡觉醒来，打开房门，命手下斟酒，环顾四周，一片洁白的雪景。他于是起身徘徊，吟咏左思的《招隐》诗，忽然想起了戴逵。当时戴逵住在剡县，王徽之于是连夜乘上小船前去拜访。船行一夜方才到达，王徽之到了门口没有进去就返回了。别人问他缘故，王徽之说："我本来就是乘兴而去，兴致没了也就可以回来了，为什么非得见到戴逵呢？"

简傲第二十四

简傲，指简慢高傲。简傲本来是一种无理的举动，但魏晋士人出于对旧礼制的反抗，故意做出各种简傲的行为，并形成一股慢世之风。

本篇共有 17 则，本书节选了其中 8 则。

三

锺士季精有才理^①，先不识嵇康，锺要于时贤俊之士^②，俱往寻康。康方大树下锻^③，向子期为佐鼓排^④。康扬槌不辍，傍若无人，移时不交一言^⑤。锺起去，康曰："何所闻而来？何所见而去？"锺曰："闻所闻而来，见所见而去。"

【注释】

①才理：才思。

②要（yāo）：约请，邀请。

③锻：打铁。

④向子期：向秀。鼓排：拉风箱鼓风。

⑤移时：过了很长时间。

【译文】

锺会精明有才思，最初不认识嵇康，锺会邀请当时贤能杰出之士，一起去探访嵇康。嵇康正在大树下打铁，向秀帮他拉风箱鼓风。嵇康不停地挥动槌子打铁，旁若无人，过了很久也不与他们说一句话。锺会起身离开，嵇康说："你听到了什么才来的？见到了什么才走的？"锺会说："听到了所听到的才来，看到了所看到的才走的。"

四

嵇康与吕安善^①，每一相思，千里命驾。安后来，值康不在，喜出户延之^②，不入，题门上作"凤"字而去。喜不觉，犹以为欣，故作。"凤"字，凡鸟也③。

【注释】

①吕安：字仲悌，晋东平（今属山东）人，与嵇康、
　山涛等友善，后被司马昭所杀。

②喜：嵇喜，字公穆，嵇康之兄，历仕扬州刺史、太
　仆、宗正。延：接待。

③鳳："鳳"为"凤"的繁体字，由"凡""鸟"二字
　组合而成，吕安特地以此比喻嵇喜为凡鸟，以示轻
　视之意。

【译文】

　　嵇康和吕安相友善，每当有所思念，再远的路也要驾
车前去探访。吕安后来去拜访嵇康时，正巧嵇康不在家，
嵇喜出门来迎接他，他不进门，在门上题了一个"鳳"字
就走了。嵇喜并未察觉吕安的用意，还以为他很高兴，所
以才题字的。"鳳"字其实就是凡鸟。

八

　　桓宣武作徐州，时谢奕为晋陵①，先粗经
虚怀②，而乃无异常。及桓迁荆州，将西之间，意
气甚笃③，奕弗之疑。唯谢虎子妇王悟其旨④，每
曰："桓荆州用意殊异，必与晋陵俱西矣⑤。"俄而
引奕为司马。奕既上，犹推布衣交。在温坐，岸帻
啸咏⑥，无异常日。宣武每曰："我方外司马。"遂
用酒，转无朝夕礼⑦。桓舍入内，奕辄复随去。后

至奕醉，温往主许避之⑧。主曰："君无狂司马，我
何由得相见？"

【注释】

①谢奕：字奕石，一字无奕，谢安的长兄。仕晋官至
　安西将军，豫州刺史。

②粗经虚怀：指略叙寒暄之意。

③意气：情义。

④谢虎子：谢据，谢奕的弟弟。妇王：妻子王氏。

⑤晋陵：指谢奕。

⑥岸帻：把头巾略微掀起，露出额头，形容潇洒、无
　拘无束的样子。

⑦朝夕礼：指早晚应有的礼节。

⑧主许：指桓温妻子南康长公主的住处。

【译文】

桓温担任徐州刺史，当时谢奕担任晋陵太守，起先两
人略通寒暄，也没有什么异样的地方。等到桓温改任荆州
刺史，将往西边去就任时，对谢奕的情义特别深，谢奕也
没有察觉什么异样。只有谢据的妻子王氏有所领悟，常说：
"桓荆州的用心很不寻常，他必定会与晋陵一起到西边去
了。"不久桓温就荐举谢奕为司马。谢奕上任后，还是把
桓温当做贫贱时的朋友看待。在桓温座上作客时，他把头
巾掀起露出额头长啸歌咏，与平常没有什么不同。桓温常
说："他是我世俗之外的司马。"于是他因为喝多了酒，连
寻常的礼节都不讲了。桓温避开他进入内室，谢奕就跟了

进去。后来以至于谢奕喝醉酒，桓温到南康长公主住处躲避他。公主说："你如果没有这位狂司马，我怎么能够与你相见呢？"

一〇

谢中郎是王蓝田女婿^①，尝著白纶巾^②，肩舆径至扬州听事^③，见王，直言曰："人言君侯痴，君侯信自痴^④。"蓝田曰："非无此论，但晚令耳^⑤。"

【注释】

①谢中郎：谢万，字万石，谢安之弟。工言论，善属文。历仕豫州刺史、领淮南太守、监司豫冀并四州军事。后受任北征，战败，被废为庶人，后复为散骑常侍。王蓝田：王述。

②纶（guān）巾：古代配有青丝带的头巾。

③肩舆：一种轿子。

④信自：确实。

⑤晚令：晚年得到好名声。令，令名，美名。

【译文】

谢万是王述的女婿，曾戴着白纶巾，坐着肩舆，径直到扬州刺史厅堂上，见到王述，直截了当地说："人们说君侯你有点痴呆，君侯你确实是痴呆。"王述说："不是没有这种议论，只是我晚年才得到好名声罢了。"

一一

王子猷作桓车骑骑兵参军①，桓问曰："卿何署？"答曰："不知何署，时见牵马来，似是马曹②。"桓又问："官有几马？"答曰："'不问马③'，何由知其数？"又问："马比死多少④？"答曰："'未知生，焉知死⑤？'"

【注释】

①王子猷：王徽之。桓车骑：桓冲。骑兵参军：官名。掌管马畜牧养、供给等事。

②马曹：管马匹的官署。

③不问马：此语借用《论语·乡党》："厩焚。子退朝，曰：'伤人乎？'不问马。"

④比：近来，近期。

⑤未知生，焉知死：语出《论语·先进》："季路……曰：'敢问死。'曰：'未知生，焉知死！'"这里王徽之是断章取义，用孔子的名言对答，以显示自己的卓荦不羁。

【译文】

王徽之担任桓冲的骑兵参军，桓冲问他："你是哪个衙门的？"王徽之答道："不知道是什么衙门，只是常常看见有牵了马来的，好像是马曹。"桓冲又问："官府中有多少马？"徽之答着："'不问马'，怎么知道马的数目呢？"桓冲又问："马近来死了多少？"徽之答道："'未知生，焉知死？'"

谢公尝与谢万共出西①，过吴郡，阿万欲相与共萃王恬许②，太傅云③："恐伊不必酬汝，意不足尔④。"万犹苦要⑤，太傅坚不回，万乃独往。坐少时，王便入门内，谢殊有欣色，以为厚待己。良久，乃沐头散发而出，亦不坐，仍据胡床⑥，在中庭晒头，神气傲迈，了无相酬对意。谢于是乃还，未至船，逆呼太傅，安曰："阿螭不作尔⑦！"

【注释】

①谢公：谢安。出西：到都城建康去。二谢居会稽，故以入都为出西。

②萃：聚集。王恬：字敬豫，小字螭虎。王导第二子。历仕中书郎、魏郡太守、会稽内史，死赠中军将军。

③太傅：谢安。

④不足：不值得。

⑤苦要：竭力邀请。

⑥据：即踞，坐着两腿作八字形分开。

⑦阿螭（chī）：王恬的小名。不作：不足，不值得。

【译文】

谢安曾经与谢万一起西行去都城，经过吴郡时，谢万想与谢安一起到王恬处聚会。谢安说："恐怕他不一定会与你应酬，我认为不值得如此。"谢万还是竭力邀请他同去，谢安坚决不肯改变主意。谢万就独自去了。坐了一会儿，王恬就进屋去了，谢万很有点儿欣喜之色，认为他要好好款待自己。过了很久，王恬洗了头披散着头发出来了，也不坐下，两腿分开坐在胡床上，在庭院中晒头发，神色傲慢，毫无招待应酬他的意思。谢万于是就回来了，还未到船上，就先叫谢安，谢安说："阿螭那里不值得你如此走一趟啊！"

<h1 style="text-align:center">一四</h1>

谢万北征^①，常以啸咏自高，未尝抚慰众士。谢公甚器爱万^②，而审其必败，乃俱行，从容谓万曰^③："汝为元帅，宜数唤诸将宴会^④，以说众心。"万从之。因召集诸将，都无所说，直以如意指四坐云："诸君皆是劲卒^⑤。"诸将甚忿恨之。谢公欲深著恩信，自队主将帅以下^⑥，无不身造，厚相逊谢。及万事败，军中因欲除之。复云："当为隐士^⑦。"故幸而得免。

【注释】

①北征：指升平二年（358）谢万与徐、兖二州刺史北伐前燕。

②谢公：谢安。

③从容：随便地。

④数：经常。

⑤劲卒：精壮的士兵。晋时军人忌讳称"兵""卒"，而谢万称众将为"卒"，更引起他们的愤恨。

⑥队主：一队之长，长官。

⑦隐士：指谢安。当时谢安正隐居东山，尚未出仕，故称。

【译文】

谢万北征时，常常用长啸歌咏来表示自己的清高，从来不去安抚慰问将士们。谢安很器重爱护谢万，预料他必定会失败，于是就与他一起出行，很随便地对谢万说："你做元帅，应该常常召唤将领们参加宴会，来取悦众将之心。"谢万听从了谢安的话，于是召集诸将，在筵席上谢万什么都没说，只是用如意指着四座的人说："诸位都是精壮的士兵。"众将听了非常怨恨他。谢安想对将领们加以笼络，不论大小将领，都亲自上门拜访，深表谦让感谢之意。等到谢万北征打了败仗，军中将士因此要杀掉他。但又说："应当为隐士谢安着想。"所以谢万侥幸得以免去一死。

一七

王子敬自会稽经吴①，闻顾辟疆有名园②，先不识主人，径往其家。值顾方集宾友酣燕③，而王游历既毕，指麾好恶④，傍若无人。顾勃然不堪曰："傲主人，非礼也；以贵骄人，非道也。失此二者，不足齿之伧耳⑤。"便驱其左右出门。王独在舆上，回转顾望，左右移时不至⑥，然后令送著门外，怡然不屑⑦。

【注释】

①王子敬：王献之。

②顾辟疆：吴郡（今属江苏）人，官郡功曹、平北参军。

③酣燕：尽情地宴会。

④指麾：指点评论。

⑤伧（cāng）：粗俗、鄙陋之人。

⑥移时：长时间。

⑦不屑：不介意，不在乎。

【译文】

王献之从会稽经过吴郡，听说顾辟疆有座名园，他先前并不认识主人，就直接到了主人家。正遇到顾辟疆聚集宾客友人在畅饮宴会，王献之游览了名园后，指指点点地评论这座园林的优缺点，旁若无人。顾辟疆勃然大怒，难以忍受，道："傲视主人，是无礼；仗着高贵的身份对人骄横，是不懂道理。丢掉这两条原则，是不值一提的粗俗之人罢了。"说完就把王献之的左右侍从赶出家门。王献之独自呆在轿上，四处张望，左右随从过了很久也不来，然后他就让主人把自己送出门外，摆出一副毫不在乎的样子。

排调第二十五

　　排调，指幽默。魏晋士人的排调不是一般意义上的戏谑或调笑，而是一种幽默。林语堂先生说："最上乘的幽默，自然是表示'心灵的光辉与智慧的丰富'……各种风调之中，幽默最富于感情。"（《论读书·论幽默》）魏晋士人的排调，见学、见思、见才、见情、见智、见理，意味无穷。

　　本篇共有65则，本书节选了其中16则。

一

　　诸葛瑾为豫州，遣别驾到台①，语云："小儿知谈②，卿可与语。"连往诣恪③，恪不与相见。后于张辅吴坐中相遇④，别驾唤恪："咄咄郎君⑤。"恪因嘲之曰："豫州乱矣，何咄咄之有？"答曰："君明臣贤，未闻其乱。"恪曰："昔唐尧在上⑥，四凶在下⑦。"答曰："非唯四凶⑧，亦有丹朱⑨。"于是一坐大笑。

【注释】

①别驾：官名。为州刺史的重要佐吏。台：指朝廷禁省。

②小儿：指其子诸葛恪。诸葛恪，字元逊，诸葛瑾长子，少有才名。仕吴官至太傅。知谈：擅长言谈。

③连往：指入朝后接着去。

④张辅吴：张昭，字子布，仕吴为辅吴将军，故称。

⑤咄咄：叹词，表示惊异或感叹。

⑥唐尧：传说中的贤君。

⑦四凶：传说中尧、舜时的四个恶人：共工、谨兜、三苗、鲧，后被舜流放。诸葛恪意指别驾等为不贤之臣。

⑧非唯：不仅。

⑨丹朱：相传为唐尧之子，由于不肖，被流放（一说被诛）。别驾意为诸葛恪是不肖之子。

诸葛瑾担任豫州刺史时，派别驾到朝廷去，对他说："我儿子擅长言谈，你可以与他聊聊。"别驾入朝后接着去拜访诸葛恪，诸葛恪不肯与他相见。后来在张昭家相遇，别驾就叫诸葛恪："咄咄郎君！"诸葛恪于是嘲笑他道："豫州乱了吗，有什么好咄咄的？"别驾答道："君主圣明，臣子贤良，没听说豫州混乱。"诸葛恪说："古时唐尧在上，却还有四凶在下。"别驾答道："不仅有四凶，还有唐尧的儿子丹朱。"于是满座的人都大笑起来。

八

王浑与妇锺氏共坐①，见武子从庭过②，浑欣然谓妇曰："生儿如此，足慰人意。"妇笑曰："若使新妇得配参军③，生儿故可不啻如此④。"

【注释】

①王浑：王武子之父。

②武子：王济，字武子。

③新妇：已婚妇女自称。参军：指王沦，字太冲，王浑之弟，曾任晋文王司马昭大将军参军，故称。

④不啻（chì）：不止。

【译文】

王浑与妻子锺氏坐在一起，看见儿子王济从庭院中走过。王浑欣喜地对妻子说："生儿子能够如此，足够令人宽慰了。"妻子笑道："如果我能许配给参军，那么生下的儿子可就不止这样了。"

九

　　荀鸣鹤、陆士龙二人未相识①，俱会张茂先坐②。张令共语，以其并有大才，可勿作常语。陆举手曰："云间陆士龙③。"荀答曰："日下荀鸣鹤④。"陆曰："既开青云，睹白雉，何不张尔弓，布尔矢⑤？"荀答曰："本谓云龙骙骙⑥，定是山鹿野麋⑦。兽弱弩强，是以发迟。"张乃抚掌大笑。

【注释】

①荀鸣鹤：荀隐，字鸣鹤，颍川（今属河南）人，官太子舍人。陆士龙：陆云。

②张茂先：张华，字茂先。

③云间：古华亭（今属上海）松江府的别称，因陆云家在华亭，故如此自称。

④日下：指京都及其附近地区。古以帝王喻日，故京城及附近地区遂称"日下"。荀是颍川人，与洛阳很近，故如此自称。

⑤布：搭放。

⑥骙骙（kuí）：强壮的样子。

⑦麋：麋鹿，四不象。

【译文】

荀隐、陆云两人互不相识，他们在张华家会面。张华让他们交谈，因为他们都有出众的才华，便让他们不要说些平常的话。陆云举手说:"云间陆士龙。"荀隐答道:"日下荀鸣鹤。"陆云说:"既然青云已经散开,看到了白色的野鸡,为什么不拉开你的弓,搭放你的箭?"荀隐答道:"本以为云间之龙很强壮,原来却只是山野间一只四不象。野兽虚弱,弓弩强劲,所以才不急着放箭。"张华听了拍手大笑。

一一

元帝皇子生①,普赐群臣。殷洪乔谢曰②:"皇子诞育,普天同庆。臣无勋焉,而猥颁厚赉③。"中宗笑曰④:"此事岂可使卿有勋邪?"

【注释】

①皇子:指简文帝司马昱。

②殷洪乔:殷羡。

③猥:谦词。赉(lài):赏赐。

④中宗:元帝司马睿的庙号。

【译文】

元帝生了皇子后,遍赏群臣。殷羡谢恩道:"皇子诞生,普天同庆。臣下没有什么功劳,却承蒙皇上厚赏。"元帝笑道:"这件事怎么可以让你有功劳呢?"

一八

王丞相枕周伯仁膝①,指其腹曰:"卿此中何所有?"答曰:"此中空洞无物,然容卿辈数百人。"

【注释】

①王丞相：王导。周伯仁：周颛。

【译文】

王导把头枕在周颛的腿上，指着他的肚子说："你这里面有什么东西？"周颛答道："这里面空荡荡的没有东西，但能容得下像你这类的几百个人。"

二一

康僧渊目深而鼻高，王丞相每调之①。僧渊曰："鼻者，面之山；目者，面之渊。山不高则不灵，渊不深则不清。"

【注释】

①王丞相：王导。调：调侃。

【译文】

康僧渊眼睛深凹鼻梁高耸，王导常常为此嘲笑他。康僧渊说："鼻子是脸上的山峰，眼睛是脸上的深潭。山不高就没有灵气，潭不深就不会清亮。"

二三

庾征西大举征胡①，既成行，止镇襄阳。殷豫章与书②，送一折角如意以调之。庾答书曰："得所致，虽是败物③，犹欲理而用之。"

【注释】

①庾征西：庾翼。征胡：指晋康帝建元元年（343）庾翼率军北伐。

②殷豫章：殷羡，为豫章太守，故称。

③败物：指残缺不全之物。

【译文】

庾翼大举进兵讨伐胡人，出发后，驻扎在襄阳。殷羡写信给他，并送了一只缺角的如意来戏弄他。庾翼回信说："得到了你的礼物，虽然是残缺不全之物，但我还是想要修理好了使用它。"

二七

初，谢安在东山居，布衣，时兄弟已有富贵者，翕集家门①，倾动人物。刘夫人戏谓安曰②："大丈夫不当如此乎？"谢乃捉鼻曰③："但恐不免耳。"

【注释】

①翕（xī）集：齐集，聚集。

②刘夫人：谢安之妻为刘惔之妹，故称。

③捉鼻：捏着鼻子。谢安少有鼻疾，语音重浊，所以捉鼻者，欲使其声轻细以示鄙夷不屑之意。

【译文】

当初谢安在东山隐居时，是一介布衣百姓，那时兄弟中已有富贵起来的，聚集在家族中，令人倾倒动心。刘夫人对谢安开玩笑说："大丈夫不应当这样吗？"谢安便捏着鼻子说：“只怕是免不了要那样啊。”

二九

王、刘每不重蔡公^①。二人尝诣蔡，语良久，乃问蔡曰：“公自言何如夷甫^②？”答曰：“身不如夷甫。”王、刘相目而笑曰：“公何处不如？”答曰：“夷甫无君辈客。”

【注释】

①王、刘：王濛、刘惔。蔡公：蔡谟，字道明，博学多识，官至侍中、司徒。后因失礼被废为庶人。

②夷甫：王衍，字夷甫。

【译文】

王濛、刘惔常不尊重蔡谟。他们二人曾经拜访蔡谟，谈了很久，就问蔡谟说：“您自己说和夷甫比怎么样？”蔡谟答道：“我不如夷甫。”王濛、刘惔互相对视笑道：“您什么地方不如他？”蔡谟答道：“夷甫没有你们这类客人。”

三〇

张吴兴年八岁^①，亏齿，先达知其不常，故戏之曰：“君口中何为开狗窦^②？”张应声答曰：“正使君辈从此中出入。”

【注释】

①张吴兴：张玄之，字祖希，曾任吴兴太守，故称。

②狗窦：狗洞。

【译文】

张玄之八岁时，缺了门牙，前辈贤达知道他不同寻常，故意对他开玩笑说："你口中为什么开了狗洞？"张玄之随声回答道："正是为了让你们这班人从这里进出。"

三二

谢公始有东山之志①，后严命屡臻②，势不获已，始就桓公司马。于时人有饷桓公药草，中有远志。公取以问谢："此药又名小草，何一物而有二称？"谢未即答。时郝隆在坐③，应声答曰："此甚易解。处则为远志，出则为小草。"谢甚有愧色。桓公目谢而笑曰："郝参军此过乃不恶④，亦极有会⑤。"

【注释】

①谢公：谢安。东山之志：指隐居的志向。

②严命：指朝廷征召谢安出仕的诏令。臻：至，到达。

③郝隆：字佐治，汲郡（今属河南）人，仕吴至征西将军。

④此过：当作"此通"。通，指阐释。

⑤会：意味。

【译文】

谢安起初有隐居不仕的志向，后朝廷屡次下诏征召他出仕，情势不得已，才就任桓温属下司马之职。当时有人送药草给桓温，其中有一味远志。桓温拿出来问谢安："这药又叫小草，为什么一样东西有两种称呼？"谢安没有立即回答。当时郝隆在座，随声回答道："这很容易解释。隐处山中叫远志，出了山就叫小草。"谢安颇有惭愧神色。桓温看着谢安笑道："郝参军如此解释的确不坏，也极有意味。"

三五

郝隆为桓公南蛮参军①。三月三日会②，作诗，不能者罚酒三升。隆初以不能受罚，既饮，揽笔便作一句云："娵隅跃清池③。"桓问："娵隅是何物？"答曰："蛮名鱼为娵隅。"桓公曰："作诗何以作蛮语？"隆曰："千里投公，始得蛮府参军，那得不作蛮语也？"

【注释】

①桓公：桓温。南蛮参军：桓温在穆帝时任荆州刺史，兼领南蛮校尉。参军，校尉的属官。

②三月三日：为上巳节，古时以三月上旬巳日为上巳，官民皆以于东流水上洗濯，除去宿垢为大吉，同时聚会游乐。魏晋后改为三月三日为上巳节。

③娵（jū）隅：鱼，古代西南少数民族语。

【译文】

郝隆担任桓温的南蛮参军。三月三日上巳节聚会时，大家都要作诗，不能作诗的要罚酒三升。郝隆起初因不能作诗而受罚，饮了酒后，拿起笔来就写了一句："姬隅跃清池。"桓温问："姬隅是什么东西？"郝隆回答道："南蛮人称鱼为姬隅。"桓温说："作诗为什么用蛮语？"郝隆说："我千里迢迢来投奔您老，才得了个蛮府参军之职，怎么能不用蛮语呢？"

四七

刘遵祖少为殷中军所知①，称之于庾公②。庾公甚忻然，便取为佐。既见，坐之独榻上与语③。刘尔日殊不称④，庾小失望，遂名之为"羊公鹤"。昔羊叔子有鹤善舞⑤，尝向客称之，客试使驱来，氃氋而不肯舞⑥，故称比之。

【注释】

①刘遵祖：刘爱之，字遵祖，沛郡（今属安徽）人。官中书郎、宣城太守。殷中军：殷浩。

②庾公：庾亮。

③独榻：单人床榻。

④尔日：这天。称：相称，符合。

⑤羊叔子：羊祜，字叔子，泰山南城（今属山东）人。西晋大臣，官至尚书左仆射都督荆州诸军事。

⑥氃氋（tóngméng）：羽毛松散的样子。

【译文】

刘爱之年轻时得到殷浩的赏识，殷浩在庾亮面前荐举他。庾亮很高兴，就用他为僚属。见面后，庾亮让他坐在单人坐榻上同他谈话。刘爱之这天的言谈与他的名声很不相称，庾亮感到有些失望，便把他称作"羊公鹤"。从前羊祜有鹤善于跳舞，他曾向来客称赞它，来客试着让人把它赶过来，这只鹤蓬松着羽毛却不肯跳舞，所以庾亮用"羊公鹤"来比拟刘爱之。

五七

符朗初过江①，王咨议大好事②，问中国人物及风土所生，终无极已，朗大患之③。次复问奴婢贵贱，朗云："谨厚有识中者④，乃至十万；无意为奴婢问者⑤，止数千耳。"

【注释】

①符朗：字元达，前秦符坚之侄，降晋后任员外散骑侍郎。

②王咨议：王肃之，字幼恭，王羲之子。历官中书郎、骠骑咨议。

③患：厌恶。

④有识中者：晋时习惯用语，指有见识的人。

⑤无意：指愚昧无知。

【译文】

符朗刚渡江南下时，王肃之非常喜欢管闲事，向符朗询问中原地区的人物以及风土人情、物产等等事情，问起来没完没了，符朗非常讨厌他。接着他又问奴婢价格的贵贱，符朗说："谨慎朴实有见识的奴婢，可以卖到十万；愚笨无知又喜欢打听的奴婢，只要几千钱而已。"

五九

顾长康啖甘蔗^①，先食尾。人问所以，云："渐至佳境。"

【注释】

①顾长康：顾恺之。

【译文】

顾恺之吃甘蔗，先吃甘蔗的末尾。有人问他为什么这样吃，他说："渐入佳境。"

六一

桓南郡与殷荆州语次^①，因共作了语^②。顾恺之曰："火烧平原无遗燎^③。"桓曰："白布缠棺竖旒旐^④。"殷曰："投鱼深渊放飞鸟。"次复作危语^⑤。桓曰："矛头淅米剑头炊^⑥。"殷曰："百岁老翁攀枯枝。"顾曰："井上辘轳卧婴儿。"殷有一参军在坐，云："盲人骑瞎马，夜半临深池。"殷曰："咄咄逼人！"仲堪眇目故也^⑦。

【注释】

①桓南郡：桓玄。殷荆州：殷仲堪。语次：谈话间。

②了语：一种文字游戏，各人所说之联句与"了"字同韵，同时应含有终了、结束之意。

③遗燎：余火。

④旐旒（liúzhào）：指出殡时为棺柩引路的魂幡。

⑤危语：也是文字游戏，与"危"字同韵的描写危险
　情景的诗句。

⑥淅米：淘米。

⑦眇（miǎo）目：瞎了一只眼。

【译文】

　　桓玄与殷仲堪谈话时，一起做起了以"了"字为韵表示终了之意的联句游戏。顾恺之说："火烧平原无遗燎。"桓玄说："白布缠棺竖旐旒。"殷仲堪说："投鱼深渊放飞鸟。"接着大家又来做以"危"字为韵描写危险情景的联句。桓玄说："矛头淅米剑头炊。"殷仲堪说："百岁老翁攀枯枝。"顾恺之说："井上辘轳卧婴儿。"殷仲堪属下一位参军在座，说："盲人骑瞎马，夜半临深池。"殷仲堪说："真是咄咄逼人！"因为殷仲堪瞎了一只眼的缘故。

轻诋第二十六

　　轻诋，指轻蔑和诋毁。轻诋和简傲都是慢世之风的反映，简傲侧重于神态上的表达，而轻诋则侧重于语言上的攻击。

　　本篇共有 33 则，展现了魏晋士人所具有的率真自然、直抒胸臆的时代性格。本书节选了其中 7 则。

二

庚元规语周伯仁①：“诸人皆以君方乐②。”周曰：“何乐？谓乐毅邪③？”庚曰：“不尔，乐令耳④。”周曰：“何乃刻画无盐⑤，以唐突西子也？”

【注释】

①庚元规：庚亮。周伯仁：周颛。

②方：比拟，相比。乐：指姓乐的人。

③乐毅：战国时燕国大将，曾率五国之兵伐齐，大败齐国，以功封昌国君。

④乐令：乐广。

⑤无盐：战国时齐无盐人锺离春，极丑，自诣齐宣王，分析时弊，被纳为后。后即以无盐为丑女之代称。

【译文】

庚亮对周颛说：“大家都把你比为乐氏。”周颛说：“哪个乐氏？是说乐毅吗？”庚亮说：“不是，是乐广啊。”周颛说：“为什么刻画丑女无盐，来冒犯美女西施啊？”

七

褚太傅初渡江①，尝入东，至金昌亭②，吴中豪右燕集亭中。褚公虽素有重名，于时造次不相识。别敕左右多与茗汁③，少著粽④，汁尽辄益，使终不得食。褚公饮讫，徐举手共语云：“褚季野。”于是四坐惊散，无不狼狈⑦。

【注释】

①褚太傅：褚裒，字季野。

②金昌亭：驿亭名。在今江苏苏州阊门外。

③茗汁：茶水。

④著：放置。粽：用蜜浸渍的瓜果蜜饯。

【译文】

褚裒刚渡江南下时，曾经往东边去，到了金昌亭，吴地的豪门大族正在亭中宴饮聚会。褚裒虽然向来有很高的名望，但当时匆忙之中却没有被人认出来。主事者就命令左右侍从多给他茶水，少放蜜饯，茶水喝完了就立即添满，使他始终吃不到杯里的东西。褚裒喝完了茶水，慢慢地举手对大家说："我是褚季野。"于是满座的人都惊慌走散，全都狼狈不堪。

一一

桓公入洛①，过淮、泗，践北境，与诸僚属登平乘楼②，眺瞩中原，慨然曰："遂使神州陆沉，百年丘墟，王夷甫诸人不得不任其责③！"袁虎率尔对曰④："运自有废兴，岂必诸人之过？"桓公懔然作色，顾谓四坐曰："诸君颇闻刘景升不⑤？有大牛重千斤，啖刍豆十倍于常牛⑥，负重致远，曾不若一羸牸⑦。魏武入荆州，烹以飨士卒，于时莫不称快。"意以况袁⑧。四坐既骇，袁亦失色。

【注释】

①桓公：桓温。入洛：指桓温于永和十二年（356）讨
　伐姚襄，战于伊水，大胜，收复洛阳。

②平乘楼：大船的船楼。平乘，指大船。

③王夷甫：王衍，字夷甫。

④袁虎：袁宏，小字虎。率尔：轻率的样子。

⑤刘景升：刘表，字景升，东汉高平（今属山东）人。
　汉献帝时为荆州牧，占据荆州近二十年，后病死。

⑥刍豆：喂牲口的草料。

⑦曾：竟。羸（léi）牸（zì）：瘦弱的母牛。牸，雌性
　的牲畜，一般用于牛。

⑧况：比拟。

【译文】

　　桓温进军洛阳，渡过淮河、泗水，到达北方地区，他
与僚属登上大船船楼，眺望中原，慨叹道："最终使中原国
土沦丧，百年来成为荒丘废墟，王夷甫这班人不能不承担
他们的责任！"袁虎轻率地说："国运自然有衰落有兴盛，
难道必定是他们这些人的过错吗？"桓温脸色大变，神色
严峻，环顾四座说："诸位听说过刘表吗？他有一头大牛重
千斤，吃起草料来比普通的牛多十倍，拉重物走远路，竟
不如一头瘦弱的母牛。魏武帝进入荆州，把它煮了犒赏士
兵，当时没有人不感到痛快的。"桓温的意思是用这头牛来
比拟袁宏。满座的人都感到惊惧，袁宏也吓得变了脸色。

二四

庾道季诧谢公曰①："裴郎云②：'谢安谓裴郎乃可不恶③，何得为复饮酒？'裴郎又云：'谢安目支道林如九方皋之相马④，略其玄黄⑤，取其俊逸。'"谢公云："都无此二语，裴自为此辞耳。"庾意甚不以为好⑥，因陈东亭《经酒垆下赋》⑦。读毕，都不下赏裁，直云："君乃复作裴氏学！"于此《语林》遂废。今时有者，皆是先写，无复谢语。

【注释】

①庾道季：庾龢（hé），字道季，庾亮子。诧：告诉。谢公：谢安。

②裴郎：裴启。裴启字荣期，晋河东闻喜（今属山西）人，处士，著有《语林》一书。

③乃可：确实。

④目：品评，评论。九方皋：相传为春秋时善于相马之人。他得到伯乐的推荐，为秦穆公觅得千里马。

⑤玄黄：黑色与黄色，指马的毛色。

⑥不以为好：不以为然。

⑦陈：陈述。东亭：王珣。《经酒垆下赋》：王珣作，哀悼阮籍、嵇康之赋。

【译文】

庾龢告诉谢安道："裴启在他的《语林》中记载：'谢安称裴郎确实不坏，他为什么还要再饮酒呢？'裴郎又在记载中说：'谢安品评支道林像九方皋相马一样，不注意马的毛色是黑是黄，而只关注马是否出众超群。'"谢安说："我完全没有说过这两句话，是裴启自编的话罢了。"庾龢对谢安的话很不以为然，于是便陈述王珣的《经酒垆下赋》。赋读完后，谢安完全不表示赞赏评论，只是说："您竟然要做裴启这号人的学问！"从此《语林》就被废弃了。现在还有的，都是先前的抄本，其中不再有谢安的话。

二七

殷颛、庾恒并是谢镇西外孙①，殷少而率悟②，庾每不推③。尝俱诣谢公④，谢公熟视殷曰："阿巢故似镇西。"于是庾下声语曰⑤："定何似⑥？"谢公续复云："巢颇似镇西。"庾复云："颇似，足作健不⑦？"

【注释】

①殷颛：字伯通，小字巢。与堂弟殷仲堪同时知名，官至南蛮校尉。庾恒：字敬则，庾龢之子，官至尚书仆射。谢镇西：谢尚。

②率悟：坦率聪慧。

③推：推重，赞许。

④谢公：谢安。

⑤下声：小声，低声。

⑥定：究竟，到底。

⑦作健：成为强者。

殷觊、庾恒都是谢尚的外孙，殷觊小的时候就率真聪慧，庾恒常常不赞许他。他们曾一起去拜访谢安，谢安仔细看着殷觊道："阿巢确实像镇西。"于是庾恒小声地说："到底哪里像？"谢安继续又说："脸颊像镇西。"庾恒又说："脸颊相像，就足以成为强者称雄吗？"

二九

符宏叛来归国①，谢太傅每加接引②。宏自以有才，多好上人③，坐上无折之者。适王子猷来④，太傅使共语。子猷直熟视良久，回语太傅云："亦复竟不异人。"宏大惭而退。

【注释】

①符宏：前秦符坚太子，字永道。晋孝武帝太元十年（385），西燕王慕容冲来攻，符坚留符宏守长安，宏不能守，携母妻降晋。

②谢太傅：谢安。接引：接待引荐。

③上人：凌驾众人之上。

④王子猷：王徽之。

【译文】

符宏背叛前秦来归顺，谢安常常予以接待引荐。符宏自以为有才学，经常喜欢凌驾他人之上，但在座者没有能使他折服的。恰好王徽之来，谢安就让他们一起交谈。王徽之只是仔细看了符宏很久，回头对谢安说："最终也没有什么与别人不同的地方。"苻宏十分惭愧地告退了。

三三

桓南郡每见人不快^①，辄嗔云："君得哀家梨^②，当复不烝食不？"

【注释】

①桓南郡：桓玄。不快：指愚钝、不爽快。

②哀家梨：传说汉朝秣陵人哀仲家的梨个大味美，入口即化，时人称为"哀家梨"。

【译文】

桓玄每当看到别人行事愚钝，就会生气地说："您得到哀家梨，该不会拿来蒸了吃吧？"

假谲第二十七

假谲，指权谋与诡诈。

本篇共有 14 则，鲜活地反映了在魏晋时期的残酷政治环境中，人们施展各种计谋，甚至玩弄权术的现实情景。本书节选了其中 7 则。

一

魏武少时，尝与袁绍好为游侠，观人新婚，因潜入主人园中，夜叫呼云："有偷儿贼！"青庐中人皆出观①。魏武乃入，抽刃劫新妇，与绍还出，失道，坠枳棘中②，绍不能得动。复大叫云："偷儿在此！"绍遑迫自掷出③，遂以俱免。

【注释】

①青庐：当时婚俗，以青布搭屋迎娶新妇，举行婚礼。

②枳棘：多刺灌木。

③遑迫：惊慌急迫。掷出：跳出。

【译文】

曹操年轻时，曾经喜欢和袁绍一起做游侠。看到人家新婚，就偷偷进入主人家园子里，到了夜里就大声喊叫道："有小偷！"青庐中的人都跑出来看，曹操就乘机进去，拔出刀来劫持了新娘，与袁绍一起跑出来，半道上迷了路，掉进了荆棘丛中，袁绍动弹不了。曹操又大叫道："小偷在这里！"袁绍惊慌失措地跳了出来，两个人这才一起逃走。

二

魏武行役①，失汲道②，军皆渴，乃令曰："前有大梅林，饶子③，甘酸可以解渴。"士卒闻之，口皆出水，乘此得及前源④。

【注释】

①行役：行军跋涉。

②汲道：取水的道路。

③饶子：指果实很多。

④前源：前面的水源。

【译文】

曹操率军跋涉，找不到水源，军中士卒都口渴难耐，于是他就下令说："前面有大片梅林，果实很多，又甜又酸可以解渴。"士卒们听到后，都流出口水来了，由此得以到达前面有水的地方。

四

魏武常云："我眠中不可妄近①，近便斫人，亦不自觉。左右宜深慎此②。"后阳眠③，所幸一人，窃以被覆之，因便斫杀。自尔每眠，左右莫敢近者。

【注释】

①妄近：随便靠近。

②慎：小心。

③阳：假装。

【译文】

曹操经常说："我睡觉时不可随便靠近我，靠近我就要杀人，连自己也不知道。左右侍从们应当特别小心这件事。"后来他假装睡着了，他所宠幸的一个侍从，偷偷地拿被子盖在他身上，曹操于是就把他杀了。从此以后每当曹操睡觉时，左右侍从就没有人敢靠近他了。

六

王大将军既为逆^①，顿军姑孰。晋明帝以英武之才，犹相猜惮^②，乃著戎服，骑巴賨马^③，赍一金马鞭^④，阴察军形势。未至十余里，有一客姥^⑤，居店卖食，帝过愒之^⑥，谓姥曰："王敦举兵图逆，猜害忠良，朝廷骇惧，社稷是忧。故劬劳晨夕^⑦，用相觇察^⑧。恐形迹危露，或致狼狈，追迫之日，姥其匿之！"便与客姥马鞭而去，行敦营匝而出。军士觉，曰："此非常人也！"敦卧心动，曰："此必黄须鲜卑奴来^⑨！"命骑追之。已觉多许里^⑩，追士因问向姥："不见一黄须人骑马度此邪？"姥曰："去已久矣，不可复及。"于是骑人息意而反^⑪。

【注释】

①王大将军：王敦。

②猜惮：怀疑畏惧。

③巴賨（cóng）马：巴地賨人进贡之马。賨人为我国古代少数民族，居住在今四川渠县一带。

④赍：携带。

⑤客姥（mǔ）：客居的老妇。

⑥愒（qì）：休息。

⑦劬（qú）劳：劳累。

⑧觇（chān）察：暗中察看。

⑨黄须鲜卑奴：指晋明帝。

⑩觉（jiào）：差，相差。多许里：指相距里程很多。

⑪息意：打消念头。

【译文】

大将军王敦叛乱以后，把军队驻扎在姑孰。晋明帝虽有英武之才，对王敦还是猜疑畏惧的，他于是穿上戎装，骑上巴赉马，携带一条金马鞭，暗中察看叛军的形势。离叛军驻地十余里，有一位客居老妇，开店卖吃食，晋明帝经过时在那里休息，对老妇说："王敦起兵叛乱，猜忌迫害忠臣，朝廷上下惊惧恐慌，国家的存亡令人担忧。所以我不辞劳累，出来观察形势。我怕形迹泄露，也许会陷入困境，如果有人追赶过来，还望老人家能为我隐瞒形迹！"于是把金马鞭送给老妇就离开了，在王敦军营绕了一圈后回来。王敦部下士兵发觉后说："这不是一般的人！"王敦正躺着睡觉感到心跳，说："这必定是那个黄须的鲜卑奴来了！"命令骑兵去追赶他。可是已经相差很多里路了。追兵于是问那位老妇："有没有见过一个黄须人骑马经过此地？"老妇说："过去很久了，不可能再追上了。"于是骑兵打消了追赶的念头返回了。

七

王右军年减十岁时①，大将军甚爱之②，恒置帐中眠。大将军尝先出，右军犹未起。须臾，钱凤入③，屏人论事，都忘右军在帐中，便言逆节之谋④。右军觉，既闻所论，知无活理，乃阳吐污头面被褥⑤，诈孰眠⑥。敦论事造半，方忆右军未起，相与大惊曰："不得不除之！"及开帐，乃见吐唾从横，信其实孰眠，于是得全。于时称其有智。

【注释】

①王右军：王羲之。减：不足，不满。

②大将军：王敦。王羲之是王敦的堂侄。

③钱凤：字世仪，为王敦铠曹参军，随王敦谋反，王敦失败后被杀。

④逆节：指叛逆造反。

⑤阳：假装。

⑥孰："熟"的古字。

【译文】

王羲之不满十岁时，大将军王敦非常喜爱他，常常把他留在自己的床帐中睡觉。王敦有一次先起床出来，王羲之还没醒。一会儿，钱凤进来，王敦屏退手下人议论事情，全都忘了王羲之还在床帐中，就说起了叛逆造反的阴谋。王羲之醒来，听到他们商量的事，就知道没有活命的可能了，于是就假装呕吐把头脸被褥都弄脏，假装熟睡。王敦说到一半时，才想起王羲之还未起床，两个人都大惊失色道："不得不把他除掉！"等到打开帐子时，看见呕吐物狼藉不堪，相信他确实在熟睡，于是王羲之得以保全性命。当时人都称赞他有智谋。

八

陶公自上流来赴苏峻之难^①，令诛庾公^②，谓必
戮庾，可以谢峻。庾欲奔窜，则不可；欲会，恐见
执，进退无计。温公劝庾诣陶^③，曰："卿但遥拜，
必无他。我为卿保之。"庾从温言诣陶。至，便拜。
陶自起止之曰："庾元规何缘拜陶士衡^④？"毕，又降
就下坐。陶又自要起同坐。坐定，庾乃引咎责躬，
深相逊谢。陶不觉释然。

【注释】

①陶公：陶侃。上流：指长江上游，陶侃时任荆州刺
　史。苏峻之难：指苏峻起兵叛乱，攻入建康。

②庾公：庾亮。

③温公：温峤。

④庾元规：庾亮，字元规。陶士衡：陶侃，字士衡。

【译文】

陶侃从长江上游东下平定苏峻叛乱，命令杀掉庾亮，
认为必须杀掉庾亮，才可以安抚苏峻。庾亮想逃跑已不可
能，想要去见陶侃，害怕被捕，进退两难，无计可施。温
峤劝庾亮去拜见陶侃，说："你只要远远地行跪拜礼，必定
不会有什么事。我为你担保。"庾亮听从温峤的话去拜访陶
侃。到了那里就跪拜。陶侃自己起身阻止他说："庾元规为
什么要拜陶士衡？"行过礼后，庾亮又降到下位就座。陶
侃又亲自邀请庾亮起来与自己同坐。坐定后，庾亮就引咎
自责，深表谦恭谢罪之意。陶侃在不知不觉中消除了疑虑。

一三

范玄平为人好用智数①，而有时以多数失会②。尝失官居东阳③，桓大司马在南州④，故往投之。桓时方欲招起屈滞⑤，以倾朝廷⑥，且玄平在京，素亦有誉。桓谓远来投己，喜跃非常。比入至庭，倾身引望，语笑欢甚。顾谓袁虎曰："范公且可作太常卿。"范裁坐⑦，桓便谢其远来意。范虽实投桓，而恐以趋时损名，乃曰："虽怀朝宗⑧，会有亡儿瘗在此⑨，故来省视。"桓怅然失望，向之虚伫⑩，一时都尽。

【注释】

①范玄平：范汪字玄平，晋颍阳（今属河南）人。少有大志，博览经籍。历官吏部尚书，东阳太守，徐兖二州刺史。智数：心计权术。

②多数：指过多的谋算。失会：失去机会。

③东阳：郡名。治在今浙江金华。

④桓大司马：桓温。南州：姑孰，在今安徽当涂。

⑤屈滞：指屈居下位、久不升迁的人。

⑥倾：颠覆。

⑦裁：通"才"。

⑧朝宗：拜见长官。

⑨会：恰巧。瘗（yì）：埋葬。

⑩向：刚才。虚伫（zhù）：虚心等待。伫，长时间站立。

【译文】

　　范汪为人好用心计权术，但有时却会弄巧成拙。他曾经被罢官，住在东阳，大司马桓温在南州，他便去投奔。桓温当时正要招贤纳才，用来颠覆朝廷，况且范汪在京城，一向有名声。桓温认为他远道前来投奔自己，非常高兴。等到范汪进入庭院，他即伸长脖子探望，两人言谈甚欢。桓温回头对袁宏说："范公暂时可做太常卿。"范汪才坐下，桓温就感谢他远道来投奔自己的厚意。范汪虽然确实是来投奔桓温的，但怕这样做被当作迎合时势会损坏自己的名声，便说："虽然我怀有拜见长官之心，但恰巧我有亡儿埋葬在此，所以前来看望。"桓温懊丧失望，刚才虚心等待站立期盼的热情，一下子都化为乌有。

黜免第二十八

黜免，指仕途之失意。

本篇共有 9 则，颇为典型地反映了魏晋时期在残酷的政治环境下，士大夫们宦海沉浮的情景。本书节选了其中 3 则。

一

　　诸葛厷在西朝①，少有清誉，为王夷甫所重②，时论亦以拟王。后为继母族党所谗，诬之为狂逆。将远徙，友人王夷甫之徒诣槛车与别③。厷问："朝廷何以徙我？"王曰："言卿狂逆。"厷曰："逆则应杀，狂何所徙？"

【注释】

①诸葛厷（gōng）：字茂远，琅邪（今属山东）人，官至司空主簿。西朝：指西晋。

②王夷甫：王衍。

③槛（jiàn）车：押解犯人的囚车。

【译文】

　　诸葛厷在西晋，年纪轻轻时就有清高的声誉，得到王衍的器重，当时的舆论也把他和王衍相比。后来他被继母的同族人谗毁，诬陷他狂放叛逆。当他将要被流放时，友人王衍等到囚车前与他告别。诸葛厷问："朝廷为什么要流放我？"王衍道："说你狂放叛逆。"诸葛厷说："叛逆就应当杀头，狂放为什么要流放？"

二

　　桓公入蜀①，至三峡中，部伍中有得猿子者，其母缘岸哀号②，行百余里不去，遂跳上船，至便即绝。破视其腹中，肠皆寸寸断。公闻之怒，命黜其人。

【注释】

①桓公：桓温。入蜀：指桓温于晋穆帝永和二年
（346）出兵攻蜀。

②缘岸：沿岸。

【译文】

桓温出兵攻蜀，到达三峡中，部队中有人捕捉到一只
小猿，那只母猿沿岸哀哭号叫，跟着走了一百多里路也不
肯离去，最后终于跳上船，一上船就立刻气绝。剖开看它
的腹内，肠子都一寸寸地断裂了。桓温听到此事后大怒，
命令罢免那个捕猿人的职务。

七

桓宣武既废太宰父子①，仍上表曰："应割近情，
以存远计。若除太宰父子，可无后忧。"简文手答
表曰②："所不忍言，况过于言？"宣武又重表，辞
转苦切③。简文更答曰："若晋室灵长，明公便宜奉
行此诏；如大运去矣，请避贤路。"桓公读诏，手
战流汗，于此乃止。太宰父子远徙新安。

【注释】

①桓宣武：桓温。太宰父子：指司马晞与其子司马综。
司马晞，字道升，简文帝司马昱之兄，官至太宰。

②手答表：指亲自批复奏表。

③转：更加。苦切：急切。

【译文】

桓温罢免了司马晞父子的官职后，接着上奏说："应当割断亲属近情，以便保全长远之计。如果除掉司马晞父子，就可以免除后顾之忧。"简文帝亲自批复奏章说："这是我不忍心说的话，何况比这些话更加过分的举动呢？"桓温再次上奏，言辞更加急切。简文帝又批示说："如果晋朝国运绵延长久，你就应当遵照诏令；如果晋朝国运已尽，请允许我退位，让出贤者之路。"桓温读了诏书，两手发抖，汗流满面，这才罢手。司马晞父子俩被远远流放到了新安。

俭啬第二十九

俭啬，指吝啬。俭啬原有两层含义，一为节俭，一为吝啬。本篇则指节俭过头以至于吝啬的行为。

本篇共有9则，栩栩如生地刻画出了和峤、王戎等吝啬鬼的形象。本书节选了其中4则。

一

和峤性至俭①，家有好李，王武子求之②，与不过数十。王武子因其上直③，率将少年能食之者，持斧诣园，饱共啖毕，伐之，送一车枝与和公，问曰："何如君李？"和既得，唯笑而已。

【注释】

①至俭：极其吝啬。

②王武子：王济，和峤的妻弟。

③上直：指官员上朝值班。直，当值，值勤。

【译文】

和峤生性极为吝啬，家里有良种李树，王济向他要一点李子，只给了不过几十个。王济就乘他上朝值班的机会，带领能吃李子的少年，拿着斧头到果园去，饱吃一顿后，把树砍了，把一车子李树枝送去给和峤，问道："比你家李树怎么样？"和峤看到这些树枝后，只有苦笑而已。

三

司徒王戎既贵且富，区宅、僮牧、膏田、水碓之属①，洛下无比。契疏鞅掌②，每与夫人烛下散筹算计。

【注释】

①区宅：房屋、住宅。水碓（duì）：利用水力转动的舂米器具。

②契疏：契约账簿。鞅掌：烦劳，繁多。

【译文】

司徒王戎地位高，又富有，房屋住宅、奴婢仆夫、肥田沃土、舂米水碓之类，洛阳无人能与他相比。契约账簿繁多，常与夫人在烛光下摊开筹码算计家产。

四

王戎有好李，卖之，恐人得其种，恒钻其核。

【译文】

王戎有良种李树，李子卖出去时，怕别人得到良种，总是先在李子核上钻个洞。

九

郗公大聚敛①，有钱数千万。嘉宾意甚不同②。常朝旦问讯，郗家法，子弟不坐，因倚语移时③，遂及财货事。郗公曰："汝正当欲得吾钱耳！"乃开库一日，令任意用。郗公始正谓损数百万许，嘉宾遂一日乞与亲友④，周旋略尽⑤。郗公闻之，惊怪不能已已⑥。

【注释】

①郗公：郗愔。

②嘉宾：郗超，郗愔子。

③倚语：站着说话。移时：长时间。

④乞与：给予。

⑤略尽：指全送光了。略，完全。

⑥已巳：加强语气，谓止不住，难以停止下来。

【译文】

郗愔大肆搜刮财物，有钱财几千万，郗超对此很不赞同。曾在早晨问安，郗家的家法规定，子弟小辈在长辈前不能坐下来，他就站着说了很长时间的话，终于说到了钱财方面的事。郗愔说："你只不过要得到我的钱罢了！"于是打开库房一天，让郗超任意取用。郗愔开始认为不过损失几百万左右，郗超却在一天里把钱送给了亲朋好友，几乎全都送光了。郗愔听到后，惊诧不已。

汰侈第三十

汰侈，指极度的奢侈铺张。魏晋时期社会财富两极分化，贵族豪强聚敛无度，过着骄奢淫逸的生活，汰侈之风因此盛行。

本篇共有 12 则，其中以石崇与王恺争豪最为著名。本书节选了其中 6 则。

一

石崇每要客燕集，常令美人行酒。客饮酒不尽者，使黄门交斩美人①。王丞相与大将军尝共诣崇②，丞相素不能饮，辄自勉强，至于沉醉。每至大将军，固不饮以观其变。已斩三人，颜色如故，尚不肯饮。丞相让之③，大将军曰：“自杀伊家人，何预卿事？”

【注释】

①黄门：指侍从。交斩：轮流斩杀。

②王丞相：王导。大将军：王敦。

③让：责备。

【译文】

石崇每次邀请客人举行宴会，常叫美人斟酒劝客。凡是客人饮酒不干杯的，就让侍从将美人斩杀。王导与王敦曾经一起去拜访石崇，王导向来不善饮酒，总是勉强自己喝下去，以至于大醉。每次轮到王敦喝酒时，他坚持不喝以观察石崇的反应。已经杀了三个人，王敦脸色不变，还是不肯喝酒。王导责备他，王敦说：“他杀自家的人，关你什么事？”

二

石崇厕常有十余婢侍列，皆丽服藻饰。置甲煎粉、沉香汁之属①，无不毕备。又与新衣著令出，客多羞不能如厕，王大将军往②，脱故衣，著新衣，神色傲然。群婢相谓曰："此客必能作贼。"

【注释】

①甲煎粉：唇膏类化妆品。沉香汁：用沉香木制成的香水。

②王大将军：王敦。

【译文】

石崇家的厕所里经常有十多个婢女列队侍奉客人，都穿着华丽的衣饰。厕所里放置了甲煎粉、沉香汁之类的东西，非常齐备。还给客人穿上新衣服才让出来，客人们大都害羞不去上厕所。王敦去厕所，脱下旧衣服，穿上新衣服，一副神色傲慢的样子。婢女们相互议论说："这个客人一定会造反谋逆。"

三

武帝尝降王武子家①，武子供馔，并用琉璃器。婢子百余人，皆绫罗绔袜②，以手擎饮食。烝豘肥美③，异于常味。帝怪而问之，答曰："以人乳饮豘。"帝甚不平，食未毕，便去。王、石所未知作④。

【注释】

①王武子：王济，其妻为晋武帝之女常山公主。

②绫罗绔袜：指所穿衣裙都是绫罗绸缎制成。绔，"裤"的古字，套裤。袜，女子上衣。

③烝（zhēng）：同"蒸"。豘（tún）：同"豚"，小猪。

④王、石：王恺、石崇。王恺，字君夫，王肃子，晋武帝司马炎舅。官至后军将军，封山都县公。

【译文】

晋武帝曾驾临王济家，王济设宴招待，全都用琉璃器皿。婢女一百多人，身上都穿着绫罗绸缎，用手托举着食物。蒸熟的小猪肥嫩鲜美，与平常吃的味道不同。晋武帝觉得奇怪就问王济，王济答道："这是用人奶饲养的小猪。"晋武帝听了很反感，没有吃完就走了。连王恺、石崇都不知道这种方法。

五

石崇为客作豆粥，咄嗟便办[1]。恒冬天得韭蓱齑[2]。又牛形状气力不胜王恺牛，而与恺出游，极晚发，争入洛城，崇牛数十步后迅若飞禽，恺牛绝走不能及[3]。每以此三事为搤腕[4]，乃密货崇帐下都督及御车人[5]，问所以。都督曰："豆至难煮，唯豫作熟末[6]，客至，作白粥以投之。韭蓱齑是捣韭根，杂以麦苗尔。"复问驭人牛所以驶。驭人云："牛本不迟，由将车人不及制之尔。急时听偏辕[7]，则驶矣。"恺悉从之，遂争长。石崇后闻，皆杀告者。

【注释】

①咄嗟：顷刻，形容时间短暂。

②韭蓱（píng）齑（jī）：切碎的韭蓱做的调味咸菜。韭，韭菜，用作调料。蓱，艾蒿类菜，亦可调味，

　　一般在夏天才有。

③绝走：极力奔跑。

④搤（è）腕：用一只手握住另一只手腕，以示不平情绪。

⑤密货：暗中用财物贿赂。都督：手下总管事务的人。

⑥豫作熟末：预先烧烂成碎末。

⑦偏辕：指车辕偏向一边。

【译文】

　　石崇为客人做豆粥，立刻就可以做成。经常在冬天也能得到韭蓱蓝等。他家的牛无论形状和力气看上去都不如王恺家的牛，但是与王恺出游，很晚才出发，争着进洛阳城，石崇的牛跑了几十步后就快得如同飞鸟，王恺的牛极力奔跑也赶不上。王恺常为这三件事而感到不平，于是他暗中买通石崇手下的管家与驾车人，探问其中的原因。管家说："豆子难以煮烂，只是预先烧成熟烂的碎末，客人来了，烧好白粥放进去。韭蓱蓝等是将韭菜根捣碎，把麦苗掺进去而已。"再去问驾车人牛跑得快的原因。驾车人说："牛本来跑得不慢，只是由于驾车人不知道如何控制它罢了。在紧急的时候，任凭车子偏向一边，车子就行驶得快了。"王恺全都照着做，于是争得优胜。石崇知道后，把泄密者全都杀了。

八

　　石崇与王恺争豪，并穷绮丽①，以饰舆服。武帝，恺之甥也，每助恺。尝以一珊瑚树高二尺许赐恺，枝柯扶疏②，世罕其比。恺以示崇。崇视讫，以铁如意击之。应手而碎。恺既惋惜，又以为疾己之宝，声色甚厉。崇曰："不足恨，今还卿。"乃命左右悉取珊瑚树，有三尺、四尺，条干绝世，光彩溢目者六七枚③，如恺许比甚众。恺惘然自失。

【注释】

①穷：指极尽可能。

②枝柯：枝干。扶疏：枝叶繁茂纷披的样子。

③溢目：光彩夺目。

【译文】

石崇和王恺斗富，二人都极尽华丽，以装饰车马。晋武帝是王恺的外甥，常常帮助王恺。他曾经把一株二尺多高的珊瑚树赐给王恺，此树枝条繁茂纷披，世上少有。王恺拿给石崇看。石崇看过后，用铁如意敲打，珊瑚随手就碎了。王恺既惋惜，又认为石崇忌妒自己的宝贝，所以声色俱厉。石崇说："不值得遗憾，现在还给你。"就命左右侍从把家中所有的珊瑚树都拿出来，有高达三尺、四尺，枝条美丽世上少有，光彩夺目的六七枚，像王恺那种样子的就更多了。王恺看了怅惘得若有所失。

九

王武子被责①，移第北邙下②。于时人多地贵，济好马射，买地作埒③，编钱匝地竟埒④。时人号曰"金沟"。

【注释】

①王武子：王济。被责：王济与堂兄王佑不和，因鞭打王佑府吏而被责罚免官。

②北邙：北邙山，在洛阳东北。

③埒（liè）：矮墙。

④匝地：绕地。竟：尽。

【译文】

王济被责罚贬官，把家搬到了北邙山下。当时人多地贵，王济喜欢骑马射箭，就买了地筑起矮墙，把铜钱串连起来绕满矮墙。当时人称之为"金沟"。

忿狷第三十一

　　忿狷，指激愤、狷急。魏晋士人很多都脾气不好，究其原因，鲁迅《魏晋风度及文章与药及酒之关系》认为是服五石散后药力发作所造成。此外，时局之动荡，恐怕也是造成魏晋士人坏脾气的因素。

　　本篇共有 8 则，本书节选了其中 3 则。

一

魏武有一妓声最清高，而性情酷恶^①。欲杀则爱才，欲置则不堪^②。于是选百人，一时俱教。少时，果有一人声及之，便杀恶性者。

【注释】

①酷恶：极其恶劣。

②置：指不予追究。

【译文】

曹操有一名歌女，声音特别清脆高亢，但是脾气却特别坏。曹操想杀了她却又爱惜她的才能，想不杀却又不能忍受。于是便选了一百人一起训练。不久，果然有一人的歌声比得上她，于是就杀掉了那位性情恶劣的歌女。

二

王蓝田性急^①。尝食鸡子，以箸刺之^②，不得，便大怒，举以掷地。鸡子于地圆转未止，仍下地以屐齿蹍之，又不得，瞋甚^③，复于地取内口中，啮破即吐之^④。王右军闻而大笑曰："使安期有此性^⑤，犹当无一豪可论^⑥，况蓝田邪？"

【注释】

①王蓝田：王述。

②箸（zhù）：筷子。

③瞋甚：愤怒之极。

④啮（niè）：咬。

⑤安期：王承，王述之父，字安期，是渡江后晋室名臣。

⑥豪：通"毫"，比喻极其细微。

【译文】

王述性子急躁。有一次吃鸡蛋，他用筷子去戳，没有戳到，就大为恼火，把鸡蛋拿起来扔在地上。鸡蛋在地上转个不停，他就跳下地用木屐的齿来踩踏，又没有踩踏到，他愤怒之极，又把蛋从地上捡起来放到口中，把鸡蛋咬破后立刻吐了出来。王羲之听说此事后大笑道："假使王承有这种脾气，尚且丝毫不值得一提，何况其子王述呢？"

八

桓南郡小儿时①，与诸从兄弟各养鹅共斗。南郡鹅每不如，甚以为忿。乃夜往鹅栏间，取诸兄弟鹅悉杀之。既晓，家人咸以惊骇，云是变怪②，以白车骑③。车骑曰："无所致怪，当是南郡戏耳！"问，果如之。

【注释】

①桓南郡：桓玄。

②变怪：鬼怪变异。

③车骑：桓冲，桓玄之叔。

【译文】

桓玄小时候与堂兄弟们各自养了鹅来斗。桓玄的鹅常常斗败，不如其他堂兄弟们的鹅，他因此非常忿恨。于是在夜里到鹅栏里，把堂兄们的鹅抓来全部杀掉。天亮后，家里人都为之惊异害怕，说是鬼怪变异造成的，把这事报告桓冲。桓冲说："没有什么东西造成怪异，必定是桓玄恶作剧罢了！"一问，果然如此。

谗险第三十二

谗险，指谗言和诽谤。

本篇共有 4 则，本书节选了其中 2 则。

二

　　袁悦有口才①，能短长说②，亦有精理。始作谢玄参军，颇被礼遇。后丁艰③，服除还都④，唯赍《战国策》而已。语人曰："少年时读《论语》《老子》，又看《庄》《易》，此皆是病痛事⑤，当何所益邪？天下要物，正有《战国策》⑥。"既下，说司马孝文王⑦，大见亲待，几乱机轴⑧。俄而见诛。

【注释】

①袁悦：字元礼，陈郡阳夏（今属河南）人，深受会稽王司马道子宠信，后被孝武帝所杀。

②短长说：游说之术。

③丁艰：遭遇父母的丧事。

④服除：指守丧期满，除去丧服。

⑤病痛：一般指小病，此比喻小事。

⑥正有：只有。

⑦司马孝文王：指司马道子，简文帝之子，孝武帝之弟。谢安死后，他把持朝政，横行霸道。安帝元兴元年（402），桓玄举兵东下攻入建康，他被放逐，后被毒死。《晋书》作"文孝王"。

⑧机轴：指朝廷的秩序。

【译文】

　　袁悦有口才，既擅长游说，又能阐发精辟的理论。他起初当谢玄的参军，深受礼遇。后来遇父母丧事在家守孝，守孝期满后回到京都，只带了一部《战国策》而已。他对人说："年轻时读《论语》《老子》，后来又看了《庄子》《周易》，这些书说的都是小事，能有什么益处呢？天下重要的事，只有《战国策》。"到了京城后，他去游说司马道子，受到了特别的厚待，差点搞乱了朝纲。不久他就被诛杀了。

四

王绪数谗殷荆州于王国宝①，殷甚患之，求术于王东亭②。曰："卿但数诣王绪，往辄屏人，因论它事。如此，则二王之好离矣。"殷从之。国宝见王绪，问曰："比与仲堪屏人何所道？"绪云："故是常往来，无它所论。"国宝谓绪于己有隐，果情好日疏，谗言以息。

【注释】

①王绪：字仲业，太原（今属山西）人，官会稽王从事中郎。后为王恭等所杀。殷荆州：殷仲堪。王国宝：王坦之第三子，堂妹为会稽王司马道子之妃。司马道子辅政，得宠，用为侍中、中书令、中领军等，权倾内外，后与王绪一起被王恭所杀。

②王东亭：王珣。

【译文】

王绪屡次在王国宝面前说殷仲堪的坏话，殷仲堪为此很忧虑，向王珣请教办法。王珣说："你只要经常去拜访王绪，去了就把其他人支开，接着就谈论其他的事。这样，二王的交情就会疏远了。"殷仲堪就照着王珣的话做了。王国宝看见王绪，问道："近来你与仲堪把别人支开讲些什么？"王绪说："只不过是日常往来，并没有议论什么。"王国宝认为王绪对自己有所隐瞒，果然两人的交情日渐疏远，对殷仲堪的谗言因此也平息了。

尤悔第三十三

尤悔，指因过失而悔恨。语出《论语·为政》："言寡尤，行寡悔，禄在其中矣。"

本篇共有 17 则，最著名的故事是王导感叹："我不杀周侯，周侯由我而死。"本书节选了其中 6 则。

一

魏文帝忌弟任城王骁壮①，因在卞太后阁共围棋②，并啖枣，文帝以毒置诸枣蒂中，自选可食者而进。王弗悟，遂杂进之。既中毒，太后索水救之。帝预敕左右毁瓶罐。太后徒跣趋井，无以汲，须臾遂卒。复欲害东阿③，太后曰："汝已杀我任城，不得复杀我东阿！"

【注释】

①魏文帝：曹丕。任城王：曹彰，字子文，曹操与卞太后所生之第二子，好勇性刚。骁壮：勇猛强壮。

②因：趁着。阁：指内室。

③东阿：指曹植，封东阿王，故称。

【译文】

曹丕忌妒弟弟曹彰勇猛健壮，便趁着在卞太后内室一起下围棋、一起吃枣子的机会，把毒药放在枣蒂中，自己挑选可以吃的枣子来吃。曹彰不知道，就把有毒和没毒的枣子混杂在一起吃了。曹彰中毒后，太后想找水来救曹彰。曹丕事先命令左右侍从把瓶罐都毁了。太后赤着脚跑到井边，却没有任何汲水的器具。一会儿曹彰就死了。曹丕还想害死曹植，太后说："你已经杀了我的任城儿，不许再杀我的东阿儿了！"

六

王大将军起事①，丞相兄弟诣阙谢②。周侯深忧诸王③，始入，甚有忧色。丞相呼周侯曰："百口委卿④！"周直过不应。既入，苦相存救。既释，周大说，饮酒。及出，诸王故在门。周曰："今年杀诸贼奴，当取金印如斗大系肘后。"大将军至石头，问丞相曰："周侯可为三公不？"丞相不答。又问："可为尚书令不？"又不应。因云："如此，唯当杀之耳。"复默然。逮周侯被害⑤，丞相后知周侯救己，叹曰："我不杀周侯，周侯由我而死，幽冥中负此人！"

【注释】

①王大将军：王敦。起事：指王敦于晋元帝永昌元年（322）以讨刘隗为名，从武昌起兵攻建康事。

②丞相：王导。

③周侯：周颛。深忧诸王：王敦是王导的堂兄。王敦起兵后，刘隗劝晋元帝将王氏全部杀掉，所以周颛深忧诸王。

④百口：指全家人的性命。

⑤逮：及，到。

【译文】

王敦起兵作乱，王导兄弟到朝廷请罪。周颛深为王氏诸人担忧，刚刚进宫时，脸上充满忧虑的神色。王导呼喊周颛道："我全家百口人的性命全都托付给你了！"周颛径直走过去没有应答。进去后，他竭力保全援救他们。王导等被免罪后，周颛十分高兴，喝了酒。等到走出来时，王家人仍然在门口。周颜说："今年杀了那些逆贼，我要取颗斗大的金印挂在肘后。"王敦打进石头城后，问王导："周侯可以担任三公吗？"王导不回答。王敦又问："可以担任尚书令吗？"王导还是没有应答。王敦于是说："既然如此，只有杀掉他了！"王导又默不作声。等到周颜被杀害后，王导才知道周颜救过自己，叹息道："我不杀周侯，但周侯却因为我才死的。到阴曹地府中我都对不起这个人啊！"

七

王导、温峤俱见明帝，帝问温前世所以得天下之由，温未答。顷，王曰："温峤年少未谙，臣为陛下陈之。"王乃具叙宣王创业之始①，诛夷名族，宠树同己，及文王之末高贵乡公事②。明帝闻之，覆面著床曰："若如公言，祚安得长③！"

【注释】

①宣王：司马懿。

②文王之末高贵乡公事：甘露五年（260），大将军司马昭杀死魏主曹髦，立陈留王曹奂为主，这实际上是一场政变。文王，司马昭。高贵乡公，曹髦，字彦士，魏文帝曹丕之孙。司马师废魏帝曹芳，另立年仅十二岁的曹髦为帝，与其弟司马昭相继掌权。曹髦长大后对司马昭不满，甘露五年率宫人三百人讨伐司马昭，反被其所杀。

③祚：指皇位、国运。

【译文】

王导、温峤一起去朝见晋明帝，明帝问温峤前朝能够得天下的原因，温峤没有回答。过了一会儿，王导说："温峤年轻对这些事不熟悉，臣子为陛下陈述吧。"王导于是详细叙述宣王司马懿创业之初，杀灭名家大族，宠信培植亲信，以及文王司马昭晚年杀害高贵乡公曹髦等事情。明帝听后，把脸贴在坐床上说："如果像您说的那样，晋朝的国运怎么能够长久啊！"

一〇

庾公欲起周子南①，子南执辞愈固。庾每诣周，庾从南门入，周从后门出。庾尝一往奄至②，周不及去，相对终日。庾从周索食，周出蔬食，庾亦强饭极欢③；并语世故④，约相推引，同佐世之任。既仕，至将军二千石，而不称意。中宵慨然曰："大丈夫乃为庾元规所卖⑤！"一叹，遂发背而卒⑥。

【注释】

①庾公：庾亮。周子南：周邵字子南，隐于寻阳庐山。

②一往：径直，直往。奄：忽然。

③强：勉强。

④世故：世事。

⑤庾元规：庾亮，字元规。

⑥发背：生于背部的毒疮。

【译文】

庾亮想起用周邵，周邵坚决推辞，特别坚决。庾亮每次去拜访周邵，庾亮从南门进去，周邵就从后门出去。有一次庾亮突然间就径直来到了，周邵来不及离开，两人就整天相对而坐。庾亮向周邵要吃的，周邵拿出蔬菜淡饭，庾亮也勉强吃下去，但还是很高兴。他们一起谈论世事，同时约定推荐他出山，一起担负辅佐君主治理天下之重任。周邵出来任职后，官做到将军、郡守，但他并不称心如意。在半夜里感叹道："大丈夫竟然被庾元规给耍弄了！"他一声长叹，于是背发毒疮而死。

一一

阮思旷奉大法①，敬信甚至。大儿年未弱冠②，忽被笃疾③。儿既是偏所爱重，为之祈请三宝，昼夜不懈。谓至诚有感者，必当蒙佑。而儿遂不济。于是结恨释氏，宿命都除。

【注释】

①阮思旷：阮裕，字思旷，阮籍族弟。大法：指佛法。

②大儿：名傭，字彦伦。官至州主簿。弱冠：古代男子二十岁加冠，未弱冠，即不到二十岁。

③笃疾：重病。

【译文】

阮裕信奉佛法，信仰虔诚到了极点。他的大儿子年龄不满二十岁，突然患了重病。这个儿子是他偏爱和看重的，所以就为他向佛、法、僧三宝祈求保佑，白天黑夜坚持不懈。以为自己精诚所至，必能感动三宝，必能受到护佑。但是儿子终于没有得救。于是他就与佛教结怨，把原来所信奉的宿命之说全都抛弃了。

一四

谢太傅于东船行①，小人引船，或迟或速，或停或待。又放船从横②，撞人触岸。公初不呵谴，人谓公常无嗔喜。曾送兄征西葬还③，日暮雨驶，小人皆醉，不可处分④。公乃于车中手取车柱撞驭人⑤，声色甚厉。夫以水性沉柔，入隘奔激，方之人情⑥，固知迫隘之地，无得保其夷粹⑦。

【注释】

①谢太傅：谢安。

②从（zòng）横：指放任不管，任由船夫直开横开。从，"纵"的古字。

③征西：指谢奕，谢安兄。

④处分：处置，安排。

⑤车柱：停车时支撑车辕的木棍。

⑥方：比拟，相比。

⑦夷粹：平和纯粹。

【译文】

谢安从会稽坐船出行，船夫划船时慢时快，有时停下来有时等待。有时又放任不管，听凭船只横冲直撞，甚至撞到人触到岸。谢安从不对他们呵斥责怪，人们都说谢安经常喜怒不形于色。他曾经为兄长谢奕送葬回来，天黑了雨下得很急，驾车人都喝醉了，无法驾车。谢安就在车中用手拿起车柱撞击车夫，声色俱厉。水性是深沉柔和的，流入险要之地，水流就会奔腾激荡，用来比方人的性情，自然知道身处险境，就不能保持平和之态了。

纰漏第三十四

纰漏，指差错或失误。

本篇共有 8 则，本书节选了其中 3 则。

一

王敦初尚主^①，如厕，见漆箱盛干枣，本以塞鼻，王谓厕上亦下果^②，食遂至尽。既还，婢擎金澡盘盛水，琉璃碗盛澡豆^③，因倒著水中而饮之，谓是干饭^④。群婢莫不掩口而笑之。

【注释】

①尚主：指娶公主为妻。因尊帝王之女，不宜说娶，故谓"尚"。

②下：放置。

③澡豆：洗手、洗面用品。

④干饭：晒干的饭。

【译文】

王敦刚娶了公主，去上厕所时，看到漆箱中盛着干枣，这原本是用来塞鼻孔防臭的，王敦以为在厕所内也要放置果品，就把干枣吃光了。回到屋内，婢女托着金澡盘盛了水，琉璃碗中盛着澡豆，他于是就把澡豆倒进水中喝了下去，还认为是干饭。婢女们都捂着嘴笑话他。

三

蔡司徒渡江^①，见彭蜞^②，大喜曰："蟹有八足，加以二螯^③。"令烹之。既食，吐下委顿^④，方知非蟹。后向谢仁祖说此事^⑤，谢曰："卿读《尔雅》不熟^⑥，几为《劝学》死。"

【注释】

①蔡司徒：蔡谟。

②彭蜞：外形似蟹的甲壳类动物，但不能食用。

③蟹有八足，加以二螯：这是蔡邕所作《劝学章》中的句子。蔡谟是蔡邕的从曾孙，熟读其文，故脱口而吟。

④吐下：指上吐下泻。

⑤谢仁祖：谢尚。

⑥《尔雅》：我国古代第一部分类解释词义、名物的书，"释鱼"中讲到彭蜞。

【译文】

蔡谟渡江南下，看到彭蜞，非常高兴地说："蟹有八只脚，加上两只螯。"叫人把它煮熟，吃了以后，上吐下泻，精神萎靡不振，这才知道吃的不是螃蟹。后来向谢尚说起这件事，谢尚说："你读《尔雅》没读熟，几乎被《劝学》害死。"

五

谢虎子尝上屋熏鼠①。胡儿既无由知父为此事②，闻人道痴人有作此者，戏笑之，时道此非复一过③。太傅既了己之不知④，因其言次⑤，语胡儿曰："世人以此谤中郎⑥，亦言我共作此。"胡儿懊热⑦，一月日闭斋不出。太傅虚托引己之过，以相开悟，可谓德教。

【注释】

①谢虎子：谢据。

②胡儿：谢朗，谢据之子。

③非复：不只，不是。一过：一次。

④太傅：谢安。己：用作第三人称代词，此指谢朗。

⑤因其言次：趁着他说话的时候。

⑥中郎：指谢据，他在兄弟中排名第二，故称。

⑦懊热：烦闷，烦躁。

【译文】

谢据曾经爬上屋顶熏老鼠。谢朗既然无从知道是父亲做的这件事，听人说起有个痴痴呆呆的人做了这样的事，就加以嘲笑，常常说这件事，还不止一次。谢安明白谢朗并不知道是他父亲做的，便趁着他讲这件事的机会，对谢朗说："世上的人用这事来诽谤你父亲，还说我也与他共同做了这件事。"谢朗感到十分郁闷羞愧，关在家里一个月不出门。谢安假托事情是自己做的，把过错揽过来，用这个办法来开导启发，真可称得上是德教。

惑溺第三十五

惑溺，指沉溺于女色。沉溺于女色的行为，历来为士大夫们所诟病，但其中也不乏偏见。韩寿与贾充之女的故事，即为其例。

本篇共有 7 则，本书节选了其中 3 则。

二

荀奉倩与妇至笃①，冬月妇病热，乃出中庭自取冷，还以身熨之。妇亡，奉倩后少时亦卒，以是获讥于世。奉倩曰："妇人德不足称，当以色为主。"裴令闻之曰②："此乃是兴到之事③，非盛德言，冀后人未昧此语④"。

【注释】

①荀奉倩：荀粲。至笃：指情爱深厚。

②裴令：裴楷，字叔则，河东闻喜（今属山西）人，西晋重要大臣，也是当时的名士。他是司马炎的近臣，对其多有规谏。性安于淡退，善谈《老子》《周易》。

③兴到：指一时兴起。

④未昧此语：不被此语迷惑。

【译文】

荀粲与妻子情深意厚，冬天里妻子生了热病，他就到庭院里把自己冻冷，回屋后用身体紧贴妻子。妻子死后，他没多久也死了，为此他受到了世人的讥讽。荀粲曾说："妇人有德行不值得称赞，应当以美色为主。"裴楷听到这话后说："这是一时兴起所说，不是德高望重者当说的话，希望后人不要被这话给蒙蔽了。"

四

孙秀降晋①，晋武帝厚存宠之，妻以姨妹蒯氏，室家甚笃。妻尝妒，乃骂秀为貉子②。秀大不平，遂不复入。蒯氏大自悔责，请救于帝。时大赦，群臣咸见。既出，帝独留秀，从容谓曰："天下旷荡③，蒯夫人可得从其例不？"秀免冠而谢，遂为夫妇如初。

【注释】

①孙秀：字彦才，吴郡（今属浙江）人。三国时吴将，掌兵权，为前将军、夏口督。受孙皓疑忌而降晋，拜骠骑将军，封会稽公。

②貉（háo）子：当时中原士族对江东吴人的蔑称。

③旷荡：宽宏大量。

【译文】

孙秀归降了晋朝，晋武帝格外宠信他，把姨妹蒯氏嫁给他为妻。夫妇之间感情很深厚。孙秀妻子曾经妒性发作，竟骂孙秀为"貉子"。孙秀心中十分不满，于是不再进妻子的内室了。蒯氏深感悔恨自责，向武帝求救。当时正逢大赦，满朝臣子都来觐见。退朝后，武帝把孙秀单独留下，不经意间说："天下大赦，恩德宽大，蒯夫人能按照这个例子从宽发落吗？"孙秀脱帽谢罪，于是夫妇和好如初。

五

韩寿美姿容①，贾充辟以为掾。充每聚会，贾女于青琐中看②，见寿，说之，恒怀存想，发于吟咏。后婢往寿家，具述如此，并言女光丽。寿闻之心动，遂请婢潜修音问③，及期往宿。寿跻捷绝人，逾墙而入，家中莫知。自是充觉女盛自拂拭④，说畅有异于常⑤。后会诸吏，闻寿有奇香之气，是外国所贡，一著人则历月不歇⑥。充计武帝唯赐己及陈骞，余家无此香，疑寿与女通，而垣墙重密，门阁急峻⑦，何由得尔？乃托言有盗，令人修墙。使反曰："其余无异，唯东北角如有人迹，而墙高，非人所逾。"充乃取女左右婢考问。即以状对。充秘之，以女妻寿。

【注释】

①韩寿：字德真，南阳堵阳（今河南方城）人。仕至散骑常侍、河南尹。死后赠骠骑将军。

②青琐：窗格。

③潜修音问：暗中传递音信。

④盛自拂拭：讲究修饰打扮自己。

⑤说畅：喜悦舒畅。说，后作"悦"。

⑥著（zhuó）：附着。歇：停止，消失。

⑦门阁（gé）：大门和边门。急峻：指戒备森严。

【译文】

韩寿姿态容貌都很美，贾充召他为属官。贾充每次聚会，女儿就从窗格中偷看，见到韩寿，很是喜欢，常常咏诗以表思念。后来婢女到韩寿家去，详细讲了这些情况，并且说贾充的女儿光艳美丽。韩寿听到后动了心，就请婢女暗地里传递消息，约定日期去过夜。韩寿身手矫健敏捷，超过常人，他跳墙进屋，家里没人知道。从此贾充感觉女儿讲究修饰打扮自己，喜悦舒畅之情不同于往常。后来贾充会见属官，闻到韩寿身上有一股奇特的香气，这种香是外国进贡的，一沾到人身上，几个月也不会消退。贾充想到这种香武帝只赐给自己和陈骞，其他人没有这种香，就怀疑韩寿与女儿私通。但是家里的围墙重叠严密，大门、边门戒备森严，他怎么能进来呢？于是便借口有盗贼，派人修墙。匠人回来说："其他地方没有什么异常情况，只有东北角好像有人的足迹，但围墙很高，不是一般人能够翻越的。"贾充就把女儿身边的婢女叫来审问，婢女便把情况说了出来。贾充把此事隐瞒起来，把女儿嫁给了韩寿。

仇隙第三十六

仇隙，指仇怨和嫌隙。

本篇共有 8 则，本书节选了其中 2 则。

二

刘玙兄弟少时为王恺所憎①，尝召二人宿，欲默除之②。令作坑，坑毕，垂加害矣③。石崇素与玙、琨善，闻就恺宿，知当有变，便夜往诣恺，问二刘所在。恺卒迫不得讳，答云："在后斋中眠④。"石便径入，自牵出，同车而去，语曰："少年何以轻就人宿？"

【注释】

①刘玙兄弟：刘玙、刘琨。刘玙，字庆孙，有才名，历官宰府尚书郎、散骑侍郎。

②默除：指暗杀。

③垂：接近，将要。

④后斋：后房。

【译文】

刘玙兄弟二人年轻时被王恺所憎恨，王恺曾经请他们二人到家里来住宿，想暗中杀掉他们。王恺让人挖坑，挖好后，就准备加害他们。石崇向来与刘玙、刘琨要好，听说他们到王恺家住宿，知道会有变故，就连夜前去拜访王恺，问二刘在哪里。王恺仓促间不能隐瞒，回答道："在后面房间里睡着。"石崇就直接进去，把他们拉出来，一同乘车而去，他对刘玙兄弟说："年轻人为什么要轻率地到别人家去住宿？"

五

　　王右军素轻蓝田^①。蓝田晚节论誉转重^②，右军尤不平。蓝田于会稽丁艰^③，停山阴治丧。右军代为郡^④。屡言出吊，连日不果。后诣门自通^⑤，主人既哭，不前而去^⑥，以陵辱之。于是彼此嫌隙大构^⑦。后蓝田临扬州，右军尚在郡。初得消息，遣一参军诣朝廷，求分会稽为越州。使人受意失旨^⑧，大为时贤所笑。蓝田密令从事数其郡诸不法，以先有隙，令自为其宜。右军遂称疾去郡，以愤慨致终。

【注释】

①王右军：王羲之。蓝田：王述。

②晚节：晚年。论誉转重：舆论评价逐渐提高。

③丁艰：遭父母之丧。此指母丧。

④代为郡：代替王述做会稽内史。

⑤诣门自通：登门自己通报去吊唁。

⑥不前而去：不上前吊唁慰问就离开了。

⑦嫌隙大构：结下深深的仇怨。

⑧使人：使者。

【译文】

　　王羲之一向瞧不起王述。王述晚年的声望逐渐提高，王羲之就更加耿耿于怀。王述在会稽内史任上遭遇母亲丧事，留在山阴办理丧事。王羲之代理会稽内史一职。他屡次说要去吊唁，但接连好几天都没有去。后来他登门亲自通报去吊唁，但主人哭了以后，他却不进去哭吊就走了，以此来羞辱王述。这样彼此的仇怨更深了。后来王述出任扬州刺史，王羲之还在会稽郡任上。刚得到消息，就派一名参军到朝廷去，请求朝廷把会稽郡从扬州分出来，另外设置越州。使者接受差遣却有违王羲之的旨意，结果被当时的贤达大加讥笑。王述密令属官列举会稽郡中种种不法行为，上奏朝廷，因为先前互有嫌隙，朝廷就让王羲之自己去处理。王羲之于是称病离职，因愤激感慨而死。